安藤忠雄都市彷徨

[日] 安藤忠雄 著 谢宗哲 译

安藤一再强调，旅行是他唯一的、最重要的“老师”　“旅行”不只是身体的移动，重要的是畅想、思考。在安藤的建筑观中，所谓“旅行”，就是离开日常的惰性生活，进行有深度的思考过程，是与自己进行“对话”交流的过程。

宁波出版社
NINGBO PUBLISHING HOUSE

图书在版编目（CIP）数据

安藤忠雄都市彷徨 /（日）安藤忠雄著；谢宗哲译
.— 宁波：宁波出版社，2006.8（2021.7 重印）
ISBN 978-7-80743-019-3

Ⅰ.①安… Ⅱ.①安…②谢… Ⅲ.随笔—作品集—日本—现代 Ⅳ.①I313.65

中国版本图书馆 CIP 数据核字（2006）第 103623 号

安藤忠雄都市彷徨

【日】安藤忠雄 / 著　谢宗哲 / 译

责任编辑　黄　彬　吴　波
责任校对　虞姬颖
装帧设计　金字斋
出版发行　宁波出版社
地址邮编　宁波市甬江大道 1 号宁波书城 8 号楼 6 楼　315040
网　　址　http://www.nbcbs.com
印　　刷　宁波报业印刷发展有限公司
开　　本　880mm×1230mm　1/32
印　　张　8.25
字　　数　150 千
版　　次　2006 年 8 月第 1 版
印　　次　2021 年 7 月第 7 次印刷
标准书号　ISBN 978-7-80743-019-3
定　　价　38.00 元

如发现缺页或倒装，影响阅读，请与本社发行部联系调换。
电话：0574-87286804

Preface

前言｜走近安藤忠雄

在建筑史上,有人已经将安藤忠雄归入西方新现代主义建筑流派之中,从理论文章和建筑表现来看,这一流派对现代主义理念或空间进行了重新的严肃的审视,在某种程度上维护了现代主义建筑价值观和艺术观,但他们在更广阔的程度上,也形成了独特的设计哲学及美学观念(查尔斯·克期《新现代主义》)。

安藤曾经多次说过,无论是从事建筑设计还是其他任何职业,二十几岁的年龄,是左右一生的重要时期。因为这个时期的年轻人正在探索和塑造"自己",而这种自我意识的形成对以后的人生,能否按照自己的意志去工作、生活起着决定性的作用。与此佐证的是,赖特设计的帝国饭店让年轻(高二时)的安藤树立了"一辈子搞建筑"的想法,而旅行则为他打开了一个更为宽广的建筑世界。

安藤忠雄出生于一九四一年。他青年时的世界(二十世纪六十年代)处处动荡不安。当时在中国发生了“文化大革命”;法国爆发了青年人对抗旧体制的“巴黎五月风暴”;在美国的哥伦比亚和伯克利,大学完全被学生占领;在日本,东京大学的安田讲堂大楼成为一座象征性的城堡,众多学生与警察发生冲突。安藤在巴黎旅行时正好遇上五月革命,在日本也目睹了以日本大学和东京大学为代表的学生运动;所有这些狂热的生活经历,让安藤意识到个人意识的觉醒和市民社会强有力的存在。用他自己的话来说,那段时期所印刻在身上的否定意识、批判意识和由此产生的迈向创造的意志,现在仍然深深地烙印在他心中。而那种追究事物本源的激进主义的态度,也浸入他的身心。

如果说上述事件促进了安藤自我意识的形成,那与当时的一些艺术家们的交往,则进一步滋润着他那颗年轻的心;和辻哲郎和西田几多郎的哲学思考,尤其是前者——和辻哲郎对以西方近代个人主义为中心的价值体系的有限性和有效性、主观与客观的关系是否能够被分割开来认识以及个人和群体存在方式等问题的思考——对于正在探索现代建筑与风土关系的安藤来说，是非常需要的。

安藤一再强调，旅行是他唯一的、最重要的“老师”。真正要理解建筑，不是通过媒体，而是要通过自己的五官来体验建筑空间，这一点比什么都重要。“旅行”不只是身体的移动，重要的是畅想、思考。在安藤的建筑观中，所谓“旅行”，就是离开日常的惰性生活，进行有深度的思考过程，是与自己进行“对话”交流的过程。在旅行中，多余的、不需要的东西都该被甩掉，面对轻装的自己，反反复复进行思考。

环游日本让安藤第一次体验到了建筑的现代主义风格，丹下健三的广岛和平中心震撼着十八九岁的安藤。而欧洲之行中对欧洲建筑的近距离接触，却让安藤更加强烈地感受到了欧洲建筑与日本的不同，尽管拜见柯布西埃的念头最终没有实现，但安藤已经开始探索日本建筑的过去和现在并时刻向日本建筑先驱们看齐。在欧洲旅行之后，在印度圣地贝拿勒斯，安藤对人生意义的思考和顿悟，使其确立了这样的职业价值观——“将自己的职业作为武器，去抗争，去争取自由，要相信自己，负己之责，凭借自己的力量去与社会进行斗争。”

和许多设计师一样，安藤从新开的设计事务所出发，从不断挑战设计竞赛出发，他没有新陈代谢派们那样华丽的出场，而是一步一步踏踏实实地前进着。

二十世纪七十年代至八九十年代，建筑界处于一种高科技形态、晚期现代主义、乡土主义、结构主义等并存的纷乱局面。安藤一边旁视，一边坚持以“游击战”式的建筑活动探索着自己的建筑道路。他认为建筑的一个根本性的问题就是在建筑与风土（或理念与现实）的反差上思考普遍性与特殊性的问题，通过对现代主义建筑和表现地域主义作品的研究和对比，通过对一九七六年的“住吉的长屋”、一九八一年小筱住宅的设计，安藤开始摸索到了自己的方向：建筑形式所要承担的责任就是——在一座建筑中，根植于风土以及生活文化的、用人的五官感觉到的东西，都一定要强烈地铭刻在人们的脑海。它包括从地理文化到历史脉络，从精神风土的宏观要素到个人的生活体验，甚至那些不引人注目的一草一木给人的印象和记忆等微小要素。换句话说，就是要将眼睛看不到的“精神”而非形体继承下来，即将属于地域的、个人的特殊性、具体性的东西继承下来。

伴随着现代化的步伐，国际主义建筑轰轰烈烈地登上了建筑舞台。“标准化”建筑思维无视建筑物所在地的特殊性，使方盒子建筑在世界各地的城市中蔓延，使人们的生活空间千篇一律、单调乏味。许多建筑师对这种社会均质化现象进行了批评和抵抗，安藤也运用简洁的形态和具有普遍性的材料作为武器，进行了坚决的反抗。对这个阶段的安藤的建筑手法进行总结就是，运用现代建筑的材料和语言，以及几何学构成原理，使建筑同时具有时代精神和普遍性，将风、光、水等自然要素引入建筑，最终创造出既根植于建筑场所的气候风土，又表现出其固有文化传统的建筑。

在信息化的浪潮下，数字化技术在某种程度上误导人们使用被选择过的世界来代替现实，安藤对此也表示了担忧，他认为地域性、场所性永远不应该被忽略，过度地偏重信息会丧失自己对现实的感觉，会看不清更重要的东西。

在三十多年的建筑师生涯中，安藤经历了许多次因设想和现实条件有出入而带来的面壁，设计竞赛也多以失败告终，至于他向城市方面的提案，几乎没人要听。但是，也正是在这种连战连败的状态中，安藤形成了建筑即战斗的理念——建筑师在战斗中必须持续保持紧张状态和对事物穷追不舍的态度，才能使问题明朗化，从而创作出能够突破羁绊的建筑作品。路易·康生前留下了一句话："……创造，正是源于逆境。"或许，我们可以用安藤最喜欢的这个句子为这篇前言作结。

编　者

目　录 Contents

1.Hue

顺化｜亚细亚的水、人类的味道

所谓旅行并不意味着单单只是为了观看那个建筑实体而做的身体移动而已。在心里临摹旅行中反复行走所留下的轨迹，再三玩味旅途中和他人相遇时种种天马行空的对话，然后进一步深化探索在漫步时曾思考过的一切，旅行便能一直不断地持续进行下去。

旅行,造就了人。

我仍旧探访着世界各地的都市,穿梭漫游在大大小小的街道中,一再地行走、逗留在绵延不绝的巷弄里而留下足迹。伴随着紧张与不安的是,一个人迷失在不知名的地方,因为孤独而感到惆怅、迷惘,甚至不知所措。但总是能在那当中找到一条出路,顺利地全身而退,并继续迈向下一个旅程。

这么说来,我的人生也可算是一段旅程吧。在没有接受专门教育的状况下而立志于建筑这件事,就如同独自在紧张与不安中迷失在一个陌生的地方一样。当然在那期间也遇到了成百上千的人们,有时会得到他们的帮助,但有时却仅仅擦身而过就各奔东西了。快乐的时候当然也是有的。然而像现在这样回过头来看,我宁可将其视为,是因为有了那苦难相伴的体验,自己才得以一直生存到现在。而往往在孤独与不安中、一个人在都市里彷徨无措的时候,那种感觉便更明显而具体地流露出来。

旅行是孤独的,而且总会遇到一大堆没有预料到的事。人生似乎也是一样的吧。

旅行,也造就了建筑师。

所谓的建筑,光只是从二维的纸、照片或是词汇上进行描述,是无法了解它的全部的。随时间改变而移动的光影、吹过的风所携带的味道、响遍建筑里头的人们的交谈声、建筑周边漂浮的空气对肌肤的触感……除非亲自前往现场,使用手足以至于全身的感官与心灵来体验之外,并没有其他的方法。所以,建筑师就是要旅行的吧。

此外,所谓旅行并不意味着单单只是为了观看那个建筑实体而做的身体移动而已。在心里临摹旅行中反复行走所留下的轨迹,再三玩味旅途中和他人相遇时种种天马行空的对话,然后进一步深化探索在漫步时曾思考过的一切,旅行便能一直不断地持续进行下去。

曾经有人问我为何要成为一个建筑师。要解答这个问题的确是相当不容易,甚至究竟是从什么时候立下这个志向连自己也搞不清楚了。但是,至少有一件事是可以确定的——对我而言,建筑是为了了解人类而存在的一种装置。因此,身为一个人、身为地球上的一分子,为参与社会而使用这种语言是必要的。而我之所以使用着“建筑”这个词,也是想向社会提供并传达我的想法。

因此,现在将关于过去旅行中的种种体会拼凑成文章,在记忆中重游那些曾经造访过的城市,再一次漫游于自己的思绪中,乃是重新确认并修正在旅行中曾思索到的表达词汇,同时也是一种自我问答的工作方式。

直到现在,旅行从未在我的内心世界中结束过。

在那样的旅行途中每每想起日本这个国家时,总觉得它的形象犹如一艘失去自我认同而漂流在汪洋中的小船。战后的日本一方面对美国抱着无限的憧憬,另一方面则梦想着与欧洲同化。在这样的过程中一路走来,就到了现在的地步。所谓的现代化,大概也就是模仿象征着合理性与物质丰饶的欧美诸国这件事吧,建筑也不例外。

一九六五年我最初以欧洲为目标来学习建筑,即意味着是要去学习西洋式的建筑。然而,如同现在的西方文明一样,西洋建筑也遇到了极大的瓶颈。在思索如何冲破这些瓶颈与障碍的时候,我想起了一些在年轻时曾造访过的亚洲诸国里所感受到的“能量”。而这些“能量”似乎隐藏着某种可能有所突破的原动力。

那是人生而为人的挣扎、喘息与呐喊，以及能够在一瞬间作出判断而存活下来的强悍的人类所具有的“味道”与特有的潜能。这么说来，将欧美文化视为唯一崇高的理想与目标，一味地追求与盲从之下所遗忘的也包含着这所谓的“人类的味道”吧。然而，就在眼前，在二十一世纪的当下，人们追求着更真实而人性化生活的同时，却采取将这些“人类的味道”一举抹消的做法。这或许与否定人类存在的本质这件事情有所关联也说不定。但在那些我们擅自称之为“亚洲”的落后诸国当中，“人类的味道”却仍鲜明地残留着。在曼谷、新加坡、香港……以及越南的古都顺化，我都清楚地嗅到了一种冲击性的“韵味”。

和我一样在二十世纪六十年代的混沌当中度过二十几岁这段日子的人们，对于越南这个名字应该会抱有一份特别的感慨吧。应该是一九六三年十一月，约翰·肯尼迪在达拉斯遭枪击身亡的那个时候。那之前的美国，对日本人而言是一种完美而理想的象征,同时也是“完全正确”的学习对象。但是自从那起事件发生之后,美国便开始蒙上了阴影。两年后的一九六五年二月,美军开始针对越南北部展开猛烈的攻击,并踏出了此后身陷泥沼的第一步。之后美军空前惨烈的挫败,似乎也反映了过去被认同的既有价值,已经响起了倾颓的丧钟。

顺化大约是位于南北狭长的越南中部地带,距离作为越南战争南北攻防战舞台的北纬十七度并不是太远。穿越顺化有条称之为“Song Huong”的河流。在越南话中,“Song”指的是“河”,而“Huong”则有“芬芳”的意思,因此以汉字来表示的话,就会是“香江”。

我搭着小船缓缓地顺着香江蜿蜒而下,愈接近河口,叫作“Sanpang”的水上人家也愈加增多。从小船之间的缝隙继续往下游走,总算在一片生机盎然的绿丛对面,出现了大概有六七米高的古老石砌城墙。在这些石壁所包围的内部,便是在这条流域当中拥有君临天下之姿、傲然耸立的越南末代王朝——阮王朝(Nguyen dynasty)的宫殿所在。

一九六八年,这个王宫曾为越南北部当局所掌控。据说

阮朝是越南朝代名，为南北朝的南方朝代。1802年灭西山朝建立帝国，1945年最后一任皇帝退位。

美军当时曾在一个月里毫不间断地对这个地区施以猛烈的炮击。现在进入里面,可以见到过去曾以奢华与繁荣著称的阮王朝宫殿,因为战火的摧残而损毁了近一半以上的建筑物显得满目疮痍,仿佛已完全化成一片废墟。

当时站在这个几乎被摧毁殆尽的王宫遗迹前,我突然感到无比的愤怒,这种连世界遗产都毫不在意地进行破坏与摧残的做法,难道不算是一种粗野的傲慢吗?这根本不符合他们那套“解放”与“传教”般冠冕堂皇的说辞,并且是一种西方理论(进化论)中反复不断而荒谬的侵略行为(日本在战前也曾高唱着这样的论调),同时这也是人类未能正视历史的殷鉴。面对这一切,愤怒从我的身体涌出,并迅速穿越、离开了这个了无残存的废墟,最后消逝在越南的蓝色天空里。

与此同时,我被某种存在于那个地方的“美”深深打动。因为所及之处均残留着鲜明的战争伤痕,反而使得饱受战火摧残后的王宫散发出一种化成废墟所具有的“完成之美”。遗迹上布满青苔,废墟周边覆盖着一片凛然寂静,使得这座腐朽欲颓的昔日宫殿展现出另一种莫名的姿态,让历代皇帝千秋大梦的残影显得愈发鲜明。

或许就因为这个梦的痕迹是如此的毫无保留,而更能反映出这个都城当时是何等的壮丽也不一定。似乎过去的当权者们做的梦愈加远大,结局就愈加所剩无几,所留下来的废墟也就更为迷人吧。在这个由垂直与水平的秩序所支配的都城空间内散步的同时,我的脑海中浮现出过去曾造访过的北京“紫禁城”的形象。顺化这个王宫,或许可以将它视为紫禁城的缩小版。以比例来说,大概是五分之一的程度。然而这个被缩小的尺度,反而让我的身体有了更舒服的感觉。比起那座有着压倒性尺度的紫禁城,反而是这个迷你版的那份小巧,使得身为日本人的我更能产生共鸣并感到亲切。

第一次去北京,大概是二十世纪七十年代前半叶,日中复交后又过了一段时日之后吧。在北京紫禁城,怎么说还是被那份压倒性的巨大气势给震慑住了。沿着很长很长的路往皇城的方向走,好不容易终于走到了这巨大的建筑物前。

这座城完全是以巨大及左右对称的美学来进行配置与表现的。这么不寻常的规模就算亲眼见到,对我而言也只是对于

故宫,旧称紫禁城,为明成祖朱棣于公元1406年在元朝大都皇宫的基础上开始建设的,公元1420年正式落成。从1420年落成到1911年清帝逊位的约500年间,共有明清两代24位皇帝在宫中生活过。

故宫・乾清宫

中国这个国家的存在感到莫名的遥远。虽然人们常说日本的文化大部分来自于中国，但我总觉得这座位于北京之庞然大物，和日本的建筑是完全相异的。

象征着日本住宅的数寄屋（Sukiya）与茶室这两种建筑类型，并不在于和周遭的自然环境产生什么样的冲突或对立关系，而是静静地融入自然风景之中，同时也着眼于室内细部的营造。某些部位采取重叠的手法加以强调，而某些部分则纤细地做出洗练的效果，给人一种有系统地、逐步增建而成的印象。因而代表着日本住宅原型的日本家屋，逐渐演变发展成非对称的构造形态。

相对于日本家屋，以紫禁城及天坛所代表的中国宫殿及宗庙，是贯彻左右对称美学的构造形式，可以清楚感受到其中蕴含着顽强而牢固的人类意志。住宅也不例外，比如说称之为四合院的传统都市住宅，包围着方形中庭的四栋房子排列在一起，也保持着优美的对称形态。

北京的建筑是这么压倒性地受到对称性的支配，而同时建筑的内与外被划分得格外明确，可以说几乎到了一种与自

故宫・太和殿

然周遭环境隔绝的地步。这或许是因为在面对北京严酷的自然环境时,人们在生活上所采取的一种对峙的姿态与立场吧,以致住宅成为保护人们生活免于自然威胁的要塞。

虽然一样是对称性美学的形貌,但这个位于顺化的王宫,却因为河水与建筑界线间的暧昧不明,使得已经习惯了界线模糊不清且带着非对称构造之日本建筑的我,觉得格外的亲切。

另一方面,在挟着都城与香江的右岸,是与王宫成对而设的历代皇帝陵寝的所在地。我再一次溯河而上,造访了这些沿着河岸并排的其中一个墓地。这个墓地的所在之处,同样也具备着河水与建筑界线的暧昧关系。

在庙的入口处,放置了两尊作为皇陵守护神、称之为“石人”的石像。从石人所守护着的那条参道向前走去,令人想起那种仿佛被母体亲密包围呵护着、不可思议的安定感。沿着这条参道的直线,坐落着收纳记载皇帝丰功伟业的石碑及安放牌位的建筑物。果然这座皇陵也带有对称性的构造。只是,比起王宫,倒不如说皇陵这边被建造得更为华丽。这似乎可以隐约看到,当时的当权者强烈渴望在死后的世界仍可以成为支配者的这个美梦的残骸。

此外，这个废墟到处都可以看得出是以龙的姿态作为建筑表现的主题。换言之，这个龙的意象所要传达的讯息，乃是时而给予人们天然物产上的丰赐、时而波涛汹涌泛滥，如大蛇一般蜿蜒长流的香江的象征。

从传承的角度来说，似乎也只有能治理得了这条河的人，才有能力治理这个国家吧。在这里，对于河的存在这个意识是十分巨大的。过去的当权者曾做过在这条河上君临天下的春秋大梦，之后也悄悄地消失殒落了吧。历历可见的中国式之龙的装饰，凸显了历代皇帝们虚无而易逝的梦……

之后，我漫步在顺化市集里的街道，空气中突然飘起了类似欧洲才有的独特气氛。虽然这是个亚洲的城市，然而无论是街廓的构成，或是建筑形貌的展现，都残留着极为浓厚的欧洲色彩。这该不会是过去作为法国殖民地的越南所留下的历史痕迹？

不出所料，在紧靠着香江河畔，盖有一栋“启定皇陵”。钢筋混凝土造的这栋房子，墙壁全被漆成白色，饶富石灰石砌洋

启定皇陵

楼的趣味。色彩极为鲜明亮丽却没有什么格调，总觉得好像缺了点什么。然而，那个作为法国傀儡政权的阮王朝启定皇帝（Khai Dinh），为了能够苟延残喘地生存下去，恐怕也不得不迎合他们的喜好而盖出如此俗丽不堪的房子吧。

不过，进入这房子里，倒是见到了所有越南传统式样之马赛克所填满的墙壁、柱子、地板与天井。这一切是由各式各样瓷器的碎片一片一片所拼贴组凑而成，似乎是花费了不少时间所得到的作业成果。那上面描绘着许多龙的姿态与模样，其光彩不知不觉凌驾了原本建筑物当中简朴素雅的西洋趣味。

为了做出这些装饰所砸碎的茶碗听说将近有二十多万个，作业时间更长达三年之久。这当中所披露的不仅仅只是越南成为大国所玩弄的那个最后王朝苟延残喘之下的容颜，还刻画了当时越南工匠们所散发出来的压倒性能量。这种不寻常而惊人的生命力，恐怕也只有亚洲才存在着吧？至少我是这么认为的。

在各地旅行的时候，我总喜欢抽空去当地的市场逛逛。如果非要问个原因的话，还是在于那当中存在着当地居民“最没有隐藏”的一面，最能看得到没有刻意隐藏的真实生活。在顺化城里，我也是起了个大早，便独自去市场，要亲眼确认这些人们的生活方式与强韧的生命力。

走在路上，称之为“Sikuro”的自动三轮车和自行车穿梭不息，宛如一大片稻穗，壮阔地往前压迫过来。街路两旁散布着摊贩，卖着雷鱼、螃蟹、鸡鸭与田蛙等等，而肉类、鱼类及蔬菜的种类也极为丰富。紧贴着摊贩旁的地上，蹲坐着满满的人们，大快朵颐地吃着乌龙冬粉及春卷一类的食品。

也许顺化这个城市的经济的确是贫穷的，但来自于自然界的恩赐却是富饶的。比如光是看这些一批批在摊贩中的香蕉、木瓜、菠萝等南国特有水果，就可以感受到其丰富的生命力。它们具有各式各样的形貌大小，甚至可说是有“畸形”的存在——从外观上来看确实是不怎么赏心悦目。然而就因为这样具有个性并洋溢着无比的活力，所以和日本超市里那些经过挑选，大小、形状、颜色看起来非常好看的水果完全不同；这些在日本为了成为流通经济的货品所事先准备的水果因为已经过筛选而显得均质化，展现的气势因而大异其趣。在顺化

顺化皇城（图一）

那儿的水果一个个似乎都栩栩如生地在诉说着什么，充满生命的气息。

在这个地方生活着的居民也有着同样的容颜。孩子们光着脚很有精神地活蹦乱跳，个个都展现出丰沛的个性与生机。我甚至觉得和那些表情僵硬、和别人没什么两样的日本小孩比起来，这些奔跑着、穿着七分裤、身躯贫瘠消瘦的越南小孩子们，不更远远地享有作为一个人所应得的丰饶吗？和日本的生活方式比起来，也许这边的样子反而更接近人类本来的生活样貌吧。

在见识到顺化人这么强韧的生活姿态后，我痛切地感到，现在该是重新审视亚洲所应扮演的角色的时候了。不幸的是，日本对于过去的愚昧行径，在睁一只眼闭一只眼的情况下，未能改善与亚洲诸国之间的关系而走到今天这一步。难道现在不是我们日本人该回过头去反省、审视并调整做法与脚步的时候了吗？其实，除了正视亚洲这个地方的现况与未来，认真研究、修正错误，并落实做好“对”的事情之外，别无他法。

毫无疑问，这同时也是从时间轴回溯，该对亚洲的历史、

顺化皇城（图二）

风土、地域或称之为传统文化的范畴，给予更多关照的时机。也唯有回顾过去，方能前瞻未来，不是吗？

顺化市街所到之处，随着香江支流的分布而蔓延扩展开来。人们沿着河岸聚集，在河里沐浴、洗米、洗涤各种物什，甚至也有人在河水之中排泄，当地人们的生活宛若与河成为了一体。这条河彻头彻尾缓缓地流着，最深的地方也不过一点五米，看起来仿佛是静止的。那和同样称之为水都的威尼斯的水是不同的。她比较像印度的恒河，是土黄色河水中绽放出生命的光辉，是缓慢而具有强大力量的亚洲之水。

过去历代皇帝总是梦想着支配、治理这条河，相较之下连名字也没有的庶民们则紧紧依靠着她，只能默默承受着她所带来的一切而生活到现在。这是几世纪以来都一直在人群间所持续流传着的生存哲学。这样的哲学究竟是否还存在于现在的日本人之中呢？

“不管是谁作王，只要香江之流仍旧，我们就不会饿到肚肠……”人们在口中低声吟唱着。我的耳畔传来这么一段从古流传至今的劳动歌谣余韵。

2.Paris

巴黎｜建筑之光的追求

在那样的状态下从事工作时，我总会想起在朗香教堂中的体验，便开始觉得不自在。它如同幽灵般悄悄地在我耳畔呢喃，迫使我对自己的作品进行解构，再一次回到原点，并前往完全不同的地平线。

因为勒·柯布西埃(Le Corbusier)的影响而梦想着向巴黎前进的我,是在一九六五年,我二十三岁的时候。

自己在十几岁的时候,第一次在旧书店里发现了柯布西埃的作品集。那并不是刚从高中毕业的我所能支付得起简单买回家的价钱,为了读那本书我总会在那儿站上好几个小时。为了避免那本书当天就被买走,我总是偷偷地将它藏在堆积如山的书本最下层才安心回家。然后隔天再把它"挖"出来,放到最上面来读,读完后又藏起来。就这样反复了好一阵子。后来用打工所存的钱将那本书买到手,已经是一个月之后的事了。

当时所读的柯布西埃著作,是《走向新建筑》这一本。在那当中我读到了"年轻时代的旅行具有深远的意义"这句话。从那一刻起,我开始觉得"学习建筑除了以理性、合理为中心诉求的西洋建筑外,对自己而言,到欧洲去游历一番便是一件必然的事"。

此外,即便我已临摹柯布西埃的作品无数次,但无论如何还是很想去见见他本人,想去看看身为伟大建筑家的他,脸上

勒・柯布西埃(1887—1965年)

法国建筑师、都市计划家、作家、画家,是二十世纪最杰出的建筑师之一,是现代建筑运动的激进分子和主将,被称为“现代建筑的旗手”。他和瓦尔特・格罗皮乌斯、密斯・凡・德罗、弗兰克・劳埃德・赖特并称为现代建筑派的主要代表。

究竟有着什么样的表情。现在回想起来那真是一件鲁莽而冲动的事啊。就算我好不容易到了那里,但是对于这个陌生的,而且还是来自于东方的默默无名的青年,也不能保证他本人会亲自接见我,但我仍旧深信着自己总会有见到他的一天。

柯布西埃并没有接受过任何建筑专业方面的正规教育。他直接面对着前辈与师匠,不在乎旁人的眼光,自由而大胆地学习着。同时那是一种没有任何人在后面驱策,仅有劳苦伴随着自己一路走来的生存之道。他这种生存方式给了我许多的勇气,使得我擅自对他抱有一份莫名的亲切感。

因而,去见柯布西埃成为我第一次前往欧洲的目的之一。一九六五年的四月末吧,邻居们和我举杯道别,在仿佛我再也不回来的气氛中,我终于踏上了前往欧洲的旅程。在那前一年的一九六四年,日本政府首次解除了一般旅行者的海外旅行禁令。在那个一美元兑换三百六十日元的时代,到欧洲所需的

拉图雷特修道院

费用大约是七万日元。带着打工所赚的六十万现金，我搭船从横滨到纳霍德卡（Nakhodka），经由西伯利亚铁路到莫斯科，最后再由北欧一路南下到巴黎。现在想起来真是好笑，我记得当时竟在自己的大皮箱中，塞满了三支牙刷以及堆积如山的肥皂与内裤。

来到巴黎已经是快九月末了。到了之后我便马上跑去观摩柯布西埃的建筑作品。从巴黎搭了两三个小时火车，在朗香（Ronchamp）的那个小山坡上，我终于看到了那栋教堂。

这座教堂是与拉图雷特（La Tourette）修道院并列齐名的柯布西埃最晚期作品，和一直以来统驭着他的清晰理论所代表的箱型建筑完全不同，而是一种异质的存在。在那时，我满心期待着与柯布西埃建筑作品的第一次接触。欣喜之际我钻进门里站在礼拜堂中，却仅仅在一小时之内便逃离现场。在那里向我袭来的，是来自于所有方向、掴打着我的身躯的充满了

朗香教堂

暴力的光。白天强烈的光线从倾斜的墙壁所开口的四角窗外射了进来。大大小小、各式各样的光线，将鲜明的轮廓映照在地面上，分别呈现着红、青、黄等缤纷的色彩。在那儿只存在着如同让眼珠子一直转个不停般混乱的空间而已。

所谓建筑的光，是具有颜色、温度、质感与深度的，并左右着人类精神的一种存在。例如，代表日本住宅的书院与数寄屋建筑，他们的光源是从下反向照射。屋檐和拉门将直射光遮住，自回廊下及庭园反射，将人温柔地包围住。对于已经习惯亲近这种光的我，朗香教堂的光就显得是会驱使我陷入“思考的混乱”那种程度的强烈存在。

虽然我隔天又去了一次，但我仍旧无法待在里头超过一个小时。各式各样的光线从自己所无法想象的地方射进来。有些是隐约的，而有些则带有挑战性，似乎为了诱惑人的心而在那儿撩动、挑拨着。第三天拜访的时候，光线一如往昔，能量丰沛而暴力地充斥其中，甚至连神圣性的氛围也加进来凑热闹。那真的是柯布西埃经过计算而得来的光吗？不，我认为那是毫无计算之下所导致的结果。那是艺术家在无计划中所创作的光，对，是所谓的光的雕刻。不这么去理解似乎也是不行的吧。从二十世纪二十年代开始一直到现在，柯布西埃创造了一栋栋理性的建筑，他本人也曾说过建筑家是不能不理性的。不过那也没什么关系，在将近六十年人生的最后关头，他似乎设计了一栋把到那时为止的自己给完全否定掉的建筑作品。

柯布西埃让自己急速站立，并热情地追赶、驱策着自己。不让人这么想似乎也是不行的。再怎么说，他也是用了一种非常恐怖的速度完成了朗香教堂的设计，不是吗？

他第一次造访基地，是在一九五〇年的六月四日。虽然他说“想在与土地对话的过程中做出于曲线中呐喊的建筑”，但在当天初到基地现场之际，他随即从四方宽敞的地平线开始了他的设计，几乎是一笔便画出了教堂南侧的曲线。然后，他画了无数张速写（sketch）。据记载，“两日之后几乎所有的建筑设计便告终了”。

会是那股热情而奔放的速度冲破理性的障碍之墙，使得他的人生因为加速度的剧增，而引导出了真正的柯布西埃吗？从朗香教堂上似乎可以感受得到那样的爆发力。我想，创作这件事大概就是这样的吧。这种恐怖而凄绝的爆发力创造出了无疑是从古代到现在的建筑历史,甚至是“建筑之光”一说的历史以来,最为异质而精彩绝伦的光的空间。

所谓的建筑,本来即是在经济、技术、地理以及业主要求的限制中,根据理性的分析所整理出来的成果。在这上头,关于建筑的采光与空间质量则几乎不被提及。在那样的状态下从事工作时,我总会想起在朗香教堂中的体验,便开始觉得不自在。它如同幽灵般悄悄地在我耳畔呢喃,迫使我对自己的作品进行解构,再一次回到原点,并前往完全不同的地平线。

从那时开始,虽然我再去探访朗香教堂已有无数次,但那强烈的印象就算已经过了四分之一个世纪,也丝毫没有减退的迹象,反而更加强烈地挑拨撩动着我。

一九六五年,在我的生命第一次受到建筑的鼓舞、体验了强烈之光的朗香之后,我为了找寻柯布西埃的工作室而在巴黎的市街里来回探访。然而,最后我终究未能见到他。后来才知道,在我到达巴黎一个月前的八月二十七日,他已然先行告别了这个世界。

3.Barcelona

巴塞罗那 | 风土对于人的孕育

由理论所堆砌的现代建筑显得合理、端正而美丽，却给人平淡无趣之感，和人类具有的那种气氛没有任何关联。相较之下，高迪的建筑看起来虽然没有秩序，且一切似乎都处于矛盾之中，但“矛盾”之中却达成了全体的统一感。

我的孪生弟弟在十七岁时出道成为职业拳击手。当时正是东南亚的泰国拳(kick-boxing)过渡成国际式拳击(international style boxing)的时期,因此日本方面也开始招募新的拳击手。听说如果打得不错还会有到海外参赛的机会。因为那样的想法,我开始在家附近的拳击馆练拳,打的是轻量级。我花了三个月左右的时间通过了成为职业拳击选手的测验,并且获得了前往曼谷上场比赛的资格。虽然这可称得上是一场远征,但却算是一次没有助手及经纪人的孤寂拳击手的单人旅行。这同时也是我人生中的第一次海外之旅。

那个时候,我读了关于西班牙斗牛士艾尔·顾得贝斯的自传——《不然的话只能穿丧服》,深为感动。如果用时髦的话来说,他会是像F1赛车手艾尔顿·塞纳这般英雄的人物。

这些与为了受死而被拉出来的牛在大众面前展开殊死对决的斗牛士们,很可能就在那样的状况下丧命。站在猛牛鼻子前端的这些人们所感受到的不安与紧张感,和拳击手畏惧着在第一个回合便被打得飞出擂台的心情是一样的。我无论如何都想亲眼去看看斗牛士和死亡比邻,面临着如同孤独战役时所表现出的英姿,因而一九六五年在欧洲流浪的同时,我顺道去了一趟巴塞罗那。

从马赛动身出发到巴塞罗那时已是七月末了,总之就记得天气非常炎热。我从旅游指南的介绍中得知那儿有许多奇妙的建筑。离闹市区大约四十到五十分钟的路程,我一只手拿着可口可乐,往加泰罗尼亚市街的方向走去。接着随即看到属于地中海一望无际的晴空中,耸立着一栋雄伟的建筑物,缓缓地披露出它的姿态身影。那儿有好几座尖塔耸立着,有的像土笔坊,而有的则又酷似玉蜀黍。那景象好似许多奇岩怪石般的植物缠绕交合在一起,是蕴含某种有机生命力的不可思议的奇妙建筑——安东尼奥·高迪(Antonio Gaudi)所设计的圣家族(Sagrada Familia)大教堂。

当时的西班牙在法朗哥政权统治之下,工程被迫中断,建筑物周围被铁栅栏与板屏给遮掩了起来,如同废墟般在太阳底下曝晒。我按照"惯例",越过墙壁,擅自闯入其中一探究竟。

我在楼梯上来来回回,逛过一间又一间的房间,在那儿足足待了将近三个钟头。虽然那儿的空间紧贴着人体而令人不自在，而且又带有那种被挤压辗碎后黏稠的植物形态，但也各自有着蜂蛇、羊齿叶及人体般的装饰在那上头。某些部分带着无比强烈的生命力。当然，这一切全是凭着高迪个人的喜好所统一设计制作而成的，而我仍能在一砖一瓦中强烈感受到属于匠人们自己的偏好与品味。我面对着这座在部分与整体间的竞艳中盖出来的建筑物所带来的趣味，并只身徘徊在无人的礼拜堂里，兴奋地继续漫步在这当中。

在进行建筑设计的时候，我在想着建筑物外部的整体形态与外观的同时，也会从内部空间的角度进行思考，甚至是一些细微的部分。而在考虑关于门把以及要放置的位置、桌子的形式等这些细节的设计时，往往又会扩展发散到整体空间的想象。可以说这种完全相矛盾的思考回路确实存在于我的体内。圣家族大教堂这种看起来没有什么秩序的建筑，可能也是顺着高迪体内“有时从部分出发、有时从整体开始”的这种互相矛盾的思考逻辑所诞生的吧。

大部分的现代建筑乃是根据理论的整合所引导营造而成的产物，但高迪的建筑可以说是从理论的破绽所喷涌出来的

高迪作品——圣家族大教堂

安东尼奥·高迪(1852—1926年)

西班牙新艺术运动建筑家,为新艺术运动的代表性人物之一。

高迪从观察中发现自然界并不存在纯粹的直线,他曾说过:

“直线属于人类,曲线属于上帝。”

吧。的确,由理论所堆砌的现代建筑显得合理、端正而美丽,却给人平淡无趣之感,和人类具有的那种气氛没有任何关联。相较之下,高迪的建筑看起来虽然没有秩序,且一切似乎都处于矛盾之中,但“矛盾”之中却达成了全体的统一感。这种统一,似乎可以说是和所有的矛盾纠葛缠斗之后,才得以呈现的一种思考轨迹与深度。

看了高迪的建筑对于人们这份强大的影响力,就更能明白这份思考的轨迹与深度,是建筑里最应被重视的问题。

此外,那当中还存在着业主盖尔(Guell)这个人物的意志。他是高迪的支持者及资助者。建筑并不只是建筑家一个人的东西,必须靠着建筑家的理性与创造力、营造者的技术与热情以及业主的经济力及意志,才有成就建筑的可能与机会。这位盖尔先生即是一位志向高远、怀抱梦想的人。而成就加泰罗尼亚(Catalonia)这个地方风土的,除了需要高迪过人的才华之外,也可以说是得有一个狂放而热情的梦想方能达成的吧。

透过高迪的建筑作品,可以了解他和加泰罗尼亚这个地方之间存在着十分充足的“对话”。比如说,在标高数千公尺的加泰罗尼亚山区，因为土地隆起所形成的高地，有一座蒙特塞拉特（Montserrat）圣石山。高迪让这座圣石山原有的奇观，表现在他所盖的巴特罗公寓（Casa Batlló）这个集合住宅上。

如果用稍微专业一些的建筑学语言来说的话，它是沿用了加泰罗尼亚当地独特的拱形砌砖工法。他丝毫不在意以艾菲尔铁塔为代表的铁与玻璃作为新兴建筑材料的时代已经来临，仍旧彻底地追求以堆砌技法所构筑而成的建筑。

毫无疑问，若没有加泰罗尼亚与中央政权对抗的这段历史，再加上地中海特有的民俗色彩与豁达开阔的自然环境等等这些风土条件的话，高迪也不太可能做得出这样出色的建筑。就像是人体内流淌的血液、在深处潜伏的细胞，这便是风土——如此持续清晰地被人记忆着的东西吧。观察他的作品便可以知道，在地方的风土中，的确潜藏着所谓创造性的存在。

过去的惯例与现代建筑中被忽略、舍弃的其中一种元素，便是“风土”。从二十世纪六十年代开始，世界各地到处出现的现代建筑，从空间上排除了自然的因素，创造了以科技来管理空间的思维。在这样的思维逻辑之下，建筑也不过是消费社会中的一种商品而已。

然而，建筑原本便是为了人类的生活而创造出来。若建筑完全地被商品化，那么人类只有从风土环境中被强行割离阻绝一途。我认为那是与迈向人类精神世界崩溃之境界相连的一条路，因而我希望从那儿脱离并解放出来，打算做出更有创造性与活力的建筑作品来。而高迪似乎便是那个原点的所在。

一九六五年以来，我在那之后又数次造访了巴塞罗那这个地方。圣家族大教堂的工程也反复地被中断了好几次。近来常有大约四至五个人在那当中进行这件工作，但工程进度却似乎迟迟没有什么进展的样子。如果是以这样的速度与节奏来做的话，距离完工恐怕还要一百年，不，应该会是一百年以上吧。

但是，建筑在完成了七成左右的这个阶段会是最有意思的时候。那当中含有一份粗犷而狂放的生命力。随着建筑接近八分、九分的进度而变得更加成熟，最后则成为只带有普通表情的面貌。对于已经遭遇了无数次这种现场体验的我而言，最近开始觉得未完成的建筑其实也没什么不好啊。

一九八九年我在设计“光之教堂”时也有着类似的情况发生。在沿着当初的计划进行施工时，无论怎么做就是做不到屋顶的部分，预算似乎是不够吧。最后虽然因为委托施工的信徒业主们对赤字有所觉悟，硬把屋顶给做了出来，但我总觉得若没有屋顶的话还是挺好的啊。大家可以一起带着伞到没有屋顶的教堂去聚会做礼拜，一起面对着要为自己的教堂盖上屋顶的这个目标而努力，大家更加能够同心合意。然后在数年后终于存够了钱，再把屋顶给加上去就好了啊，我是这么觉得。就算现在仍旧没有完成，但是圣家族大教堂不也是仍有许多来自世界各地的游客络绎不绝地在拜访着，不是吗？

高迪为了和修士们研究工程的事宜，驻留在圣家族大教堂的礼拜堂期间，不幸地被电车给碾死了。然而若将其视为这个未完成建筑的强度与张力之一部分来想的话，我怀疑这难道不也是高迪本身的策略之一吗？

光之教堂(图一)

光之教堂(图二)

4.Milan & Boston

米兰 & 波士顿 | 迈向形态的极限

那个被割裂的锐利切口让我在那瞬间里有所触动,而那似乎在内部隐藏着的深邃性格,则散发出一种残忍而冷峻的味道,因而在那当中存在着一种就算超越人类感情也难以表达的美。

达芬奇《最后的晚餐》

如果所谓极限的造型是真的存在于世上的话，我认为那应该会是创作者在肉体和精神状态皆已达到极限，却仍执着地追寻，在不安与紧张当中摸索着“创作”这件事情，才可能达成的吧。而卢西奥·方塔纳（Lucio Fontana）的作品，无疑便是这种极限艺术之一。

一九六八年，我在第二次的欧洲旅途中，顺道去了一趟米兰。为的就是一睹那位于圣玛丽亚感恩修道院中，由达芬奇所画的壁画《最后的晚餐》的风采。

就像我初抵其他陌生城镇那样，我在米兰的小巷道里留连徘徊，不知不觉当中终于抵达多默广场，并发现了广场对面的画廊。我毫不迟疑地进入参观，看到白色的墙上挂着七八件以帆布为素材的作品，每一件似乎都像是被锐利的刀刃所切割断裂般，在白色的背景当中曝露出类似弧线般的伤口，那便是方塔纳的作品，鲜明而强烈。

二十世纪五十年代后期开始，吉原治良所率领的具体美

圣玛丽亚感恩修道院

日本刀

术协会在大阪创立诞生。因为和那群人的往来，我得知了方塔纳的名字。只是当我实际站在他的作品面前时，过往的印象便随之改观而受到极大的震撼。我察觉有个与自己所知道的绘画及雕刻完全不同的世界，正在那当中不断地扩散、开展起来。

那个被割裂的锐利切口让我在那瞬间里有所触动，而那似乎在内部隐藏着的深邃性格，则散发出一种残忍而冷峻的味道，因而在那当中存在着一种就算超越人类感情也难以表达的美。根据所听到的传闻，方塔纳乃是以常人所没有的集中力，一口气就将帆布给切开。那个单纯的弧线状轨迹使我不禁想起日本刀刀背所具有的一种不可思议的美。

我从小长大的大阪下町这个地方充斥着许多铁工厂、玻璃工厂、建材行、木工厂，因而老家附近有许多的工匠。当我还是小孩时，就拥有可以在他们的工作场合任意出入的自由。在耳濡目染之下，我得以记住他们当时工作的情景。在那些匠人当中有人珍藏着日本刀，在去他家玩时他非常骄傲地展示给我看。虽然工匠对于其使用的道具所抱持的情感是异常的，但使用凿子与刨刀的这些木匠似乎又对刀剑之类的东西情有独钟。

虽然,那并不是一件多么值钱的东西,但握住那把刀时,能感受到一种厚实沉甸的重量感,在其隐约发亮的刀刃上,隐藏着可以终结人类生命的秘密。还是小孩子的我,虽被那其中所隐藏的真实感所震慑,却也奇妙地对那刀背所描刻出来的曲线造型和气势深深着迷。

一直到现在,日本刀仍是我所钟爱的东西之一。我想那不仅是追求着机能与美感的终极形态,同时也是某种日本之美的意识原点。因而,当目光触及了方塔纳的作品时,当初手握日本刀的那股感觉便清晰地浮现出来。在日本刀与方塔纳间有一条看不见的线彼此相连,而在那条延长线上还有一件东西在我心中牵挂着。那是一次和美国震教派(Shaker)教徒所留下的家具邂逅的经历。

震教派乃是戒律森严的贵格教派(Quaker)的其中一支,十八世纪后半叶由创始人安·李(Ann Lee)所建立,是一个坚持过着和世俗完全隔绝,并且完全自给自足的禁欲生活的宗教狂热集团。不仅倡导彻底禁欲,以“纯粹”作为目标,而且也禁止人们拥有私人财产,并否定性行为的存在。震教派的男女们分别住在各自的屋子里,有时男女面对面彼此排成一列,一起“跳舞”(shake),震教派(Shaker)因而这样得名。

震教教徒们甚至连虚饰的话语都感到嫌恶。他们宣称“若不简单利落就无法忍受”,在这个逻辑下所做出来的桌椅与食器等一切生活器皿以及建筑,也仅是满足最小使用需求的最低限度,让一切不会有一丝的浪费,在其质朴素雅的表面下,我便能体会到因追求彻底的合理性所产生的一种凛然的美感。然而,他们的纯粹与洁癖终究无法见容于一般社会,最后的震教教徒大约苟延残喘到一九六五年,现在则已完全不存在了。

一九七八年在哈佛大学客座讲习后回去时,在费城美术馆见到了他们的作品。排除了虚饰,仅止于彻底追求合理性的简约形态,实在是非常的美。那无疑是美国人所创作出来的唯一最顶尖的民俗工艺品。之后,我随即与哈佛的研究生们火速前往那个位于波士顿的过去曾有震教教徒居住过,一个叫作“汉考克”(Hancock)的村落。

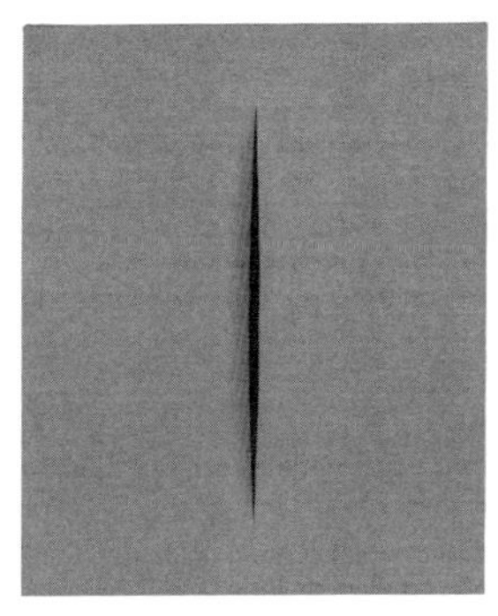
方塔纳的帆布切痕

那里过去是震教教徒所居住的村落，现在全村都被改成博物馆。他们自己所居住的家以及整组的生活器具，当时的生活样貌等都那样原原本本地被保存下来。在房间里有一组阅读用的桌椅，然后就只有一张床……大概就是这样的状况吧。所有的一切都根据震教“美乃寄居于实用性之中”这样的理论来展开，符合他们认为的正确规则，并在和谐的秩序当中成立。比如说，以住宅的墙壁中心为入口，窗户对称地整齐排列，空间被谨慎地赋予了秩序。我认为那一切是从人类最低限度的欲望中所削落下的碎片里创造出的终极形态。

但为何我会在那儿同时联想到日本刀与方塔纳的作品呢？当然方塔纳的作品是一种艺术形式的呈现，所以并不存在着所谓“机能”的讨论。相对于震教教徒们所说的实用性的美而言，那确实是一种“无用”之美。而那却在我的脑海中不可思议地重合在一起，如同那把可以结束生命的锋利日本刀刺进我的心里。那所有的一切无疑是超越了生活用具与艺术作品的藩篱与差异，也是以极限的状态摸索着创作的人们最终达成的一种极致造型。

做建筑设计时,我倾向追求在单纯构成里,包含着复杂的内部空间。或许因为这样,多多少少也会受到这些形态与造型的影响吧。同时,这些极限的造型似乎也教导了我“若要成为一个创作者,就应该常去追寻极限的状态”。回想自己二十岁左右的时候,没有正当职业,仿佛一直被莫名的“什么”所追赶着,或许正是这样的情况吧,乃至我现在仍在同样的状况下持续向前奔跑着。

至少,我的体重从十八岁那时起便没有多大改变。在打拳击的那段日子里,为了比赛曾有过一个月内减掉六公斤的经历,但除此之外就一直保持在六十三公斤。为了能够持续在不安与紧张当中摸索创造并享有当时的肉体与精神状态,我打算到死为止都要保持着六十三公斤的体重。如果有一天我无法维持下去的话,我想那肯定已经不是我自己了吧。

5.Hague

海牙 | 谓之二十世纪的这个时代

一九六五年的荷兰其实正处于一种停滞的气氛与情境中,欠缺一股都市应有的生气与色彩,然而在那样的状况下,蒙德里安与里特维尔德的作品却截然不同。他们的作品带有一种超越时空,并能与人产生对话的强大力量。

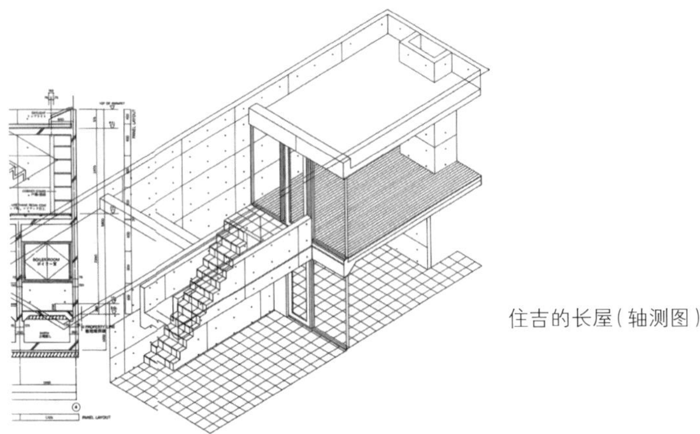

住吉的长屋（轴测图）

我在建筑空间中所探索的，是所谓“概念性”的这件事情。之后透过抽象化的动作加以转化，将概念鲜明地表达出来。

一九七六年，适逢“住吉的长屋”的完工，为了进行“吉田五十八赏”的最终审查，村野藤吾先生前来拜访我。“姑且不论建筑的好与坏，在这么狭小的地方竟然可以经营出这样的空间，着实令我感动。就住宅的处理策略而言，就应该把奖颁给你的吧。”这是村野藤吾先生在评论我的作品时所说的话。本来建筑就是在法律与经济效益、传统及所谓的常识当中，根据需求所营造出来的具体成品，即“起居室”就该是“起居室”、“厨房”就该是“厨房”，各自有被期待的状况。然而，当被某种强烈概念所抽象化的建筑盖出来之后，人们却往往无法认同那会是个好住或好用的空间。但那其实只是我抱持着所谓“建筑家”这样的意志，对于那个想要表现的“什么”做出了比较清楚的表达而已。

因此我总会事先清楚地告诉我的业主：“我的建筑可不好住喔。”但即便如此，他们仍会回答说：“噢，没有关系。那么，就拜托您了。”这真是不可思议……

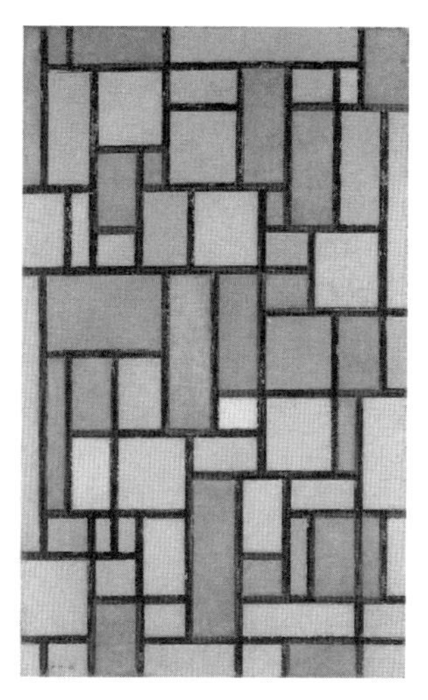

蒙德里安《红、黄、蓝》

皮耶特·蒙德里安（1872—1944 年）
荷兰画家，风格派运动幕后艺术家和非具象绘画的创始者之一，对后代的建筑、设计等影响很大。自称“新造型主义”，又称“几何形体派”。1938 年移居美国。1940 年转赴美国纽约，于当地逝世。

以抽象的手法来追求纯粹概念性的表现，是二十世纪的产物。正因这个表现形式是处于被扩大的二十世纪，这更让这一造型理论的实现成为可能。我个人认为真正捕捉到重点，并且能称之为二十世纪中表现其极致的有两个人，分别是荷兰画家皮耶特·蒙德里安（Piet Mondrian）与同是荷兰人的格里特·托马斯·里特维尔德（Gerrit Thomoas Rietveld）。

一九六五年在欧洲流浪的途中，我从德国汉堡前往荷兰，为的是一睹在荷兰这个国度里的贝尔拉格（Berlage，二十世纪初的建筑大师）的作品。此外，我打算亲眼去看看在新艺术运动期间的一些美术作品。当时的荷兰其实正处于一种停滞的气氛与情境中，欠缺一股都市应有的生气与色彩，然而在那样的状况下，这两个人的作品却截然不同。他们的作品带有一种超越时空，并能与人产生对话的强大力量。

蒙德里安的作品是在荷兰的海牙市立美术馆看到的。那里包括了从一九一二年开始的一系列作品，有《红色的木》、

《青色的木》、《灰色的木》等等，从具象的阶段持续往抽象化阶段进化和改变的这个时期的作品开始，一直到代表作《百老汇布基舞者》（Broadway Boogie Woggie）以单纯的造型表现纯粹的形态为止，可以有系统地看到相当多的作品。

他虽然指出“在描绘自然界的形象并予以具体化时，要以水平及垂直的线来进行界定”，但若观察他将形态逐渐割离、舍去后留下的轨迹以及其所达到的境界，你将体验到创作者从具象形态迈向抽象性的表达。

而里特维尔德的作品，大概会是那种毫不在意地就被安置于熟人家里的东西吧。那个拥有他的作品的主人告诉我说：“那就是里特维尔德的作品。”那是他的代表作《红蓝椅》（一九一七年）。

不知是从哪一本书当中，我得知里特维尔德是一个工匠的儿子。他以一个家具设计师为起点，直到成为盖出整栋房子的建筑师。因为他有这样的经历，使得当初觉得非得亲眼看看他的作品不可的我，在初次与他设计的椅子接触时，有了一点被骗的感觉。由于他曾经是做家具的工匠，我一厢情愿地把他的作品想象成是在装饰中凝固着技巧的那种椅子。这倒也无妨，因为那是为了追求极致原理的构造所保持的一种单纯而抽象化的形态。

“和蒙德里安是一样的吧。”我当时是那么想。我感觉到在海牙市立美术馆中所看到的蒙德里安的作品，例如一九二〇年所作的《红、黄、蓝》这个作品，在这个地方诉说着相同的概念。

实际上这两个人从一九一七年开始至二十世纪二十年代，都一直是由奥·凡·杜斯伯格（Theo Van Doesburg）所提倡的风格派新造型运动中的中坚分子。这个运动提倡从单纯的水平与垂直平面来生产抽象的造型，扩展到绘画、建筑、文学、商业设计等各种能想象得到的领域里。那不仅是概念化作品的初次披露，也成为现在的观念艺术（Conceptual Art）的基本原型。例如，里特维尔德的椅子现在看起来，不仅仍旧可以在那当中感受到远远超越时空的精神向度，同时也具备那份能够开创二十世纪的强烈创意。

这么说来，二十世纪二十年代正是世界各种表现运动相

里特维尔德《红蓝椅》

格里特·托马斯·里特维尔德
(1888—1964年)
荷兰裔家具设计师及建筑师,为荷兰风格派艺术运动中最有名的设计师之一。

互影响,并在其中开花结果的时候。例如,在俄罗斯是构成主义,纽约是达达运动与超现实主义,而捷克则有野兽派……当然在这些看法或思潮诞生之初,每个主张或运动也许尚不成气候,但在那时为了确实表现时代的新精神所挣扎、辛苦留下的轨迹,直到今天依然鲜明而强烈。而将二十世纪的概念性作了最生动而鲜明表现的风格派,竟是在二十世纪开花结果的资本主义发祥地——荷兰这个国度产生,实在是非常耐人寻味。

我仍旧生活在这个属于二十世纪的时代里。人们常会说,"安藤对于混凝土非常执着而讲究",但事实上并不是这样。以混凝土、钢铁与玻璃为素材,借由支持这些材料得以被应用的技术,所扩大发展而成的二十世纪建筑,才是我一直以来执着而在意的地方。

6.Barcelona 2

巴塞罗那2 | 持续奔驰的野性

现在想起来，毕加索之所以看起来像猩猩，不也正是因为秘密隐藏在他体内的那股野性所影响而导致的吗？到死为止，不也正是因为未曾失去如猩猩般那股耀眼的野性，才能够宛如火箭般，一次又一次地爆发而持续冲刺吗？

一九六五年在欧洲流浪的旅行中，深深吸引着我，让我停留在巴塞罗那的理由是为了一睹斗牛竞技的现场，另一个原因则是这个地方曾经孕育过高迪、米罗、达利、卡萨尔斯以及毕加索这么多的天才。

第一次造访巴塞罗那，觉得这个地方是个汇聚了世界各地人种、物资与情报的海港都会。从商人到渔夫、船员，以及来自非洲在此谋生的黑人们熙来攘往，如同这个地方独特的名菜西班牙海鲜饭一样，呈现着兼容并蓄的丰盛样貌。

正如俗谚所说，越过比利牛斯山脉那一边就是非洲。这个地方的确和称之为艺术之都的巴黎等城市完全不同。这里所拥有的是个性和胆识，漂浮着充满幻想而足以孕育出艺术气息的空气。在成就了相对于中央而带有抵抗意志的历史的同时，不断地侧眼注视着巴黎的世纪末美术，而引发了这个地方的现代艺术复兴运动，恐怕也是因为这个地方的风土与人文的产物吧。这在某种程度上意味着，能够背负不利条件的那份强韧生命力的，便是巴塞罗那。

当我留连徘徊在被称之为巴利欧·哥特区（Barrio

Gótico）的古老地区——残留着中世纪的面貌与印象的大教堂周边，犹如迷宫般的巷子当中的时候，撞见了一栋布满尘埃却释放着浓浓古意的石造建筑。进到里面才知道，那是由十五世纪所建造的“回船屋”所改装而成，并于一九六三年开幕的“毕加索美术馆”。

这个美术馆是以毕加索在改名为“毕加索”之前的少年时期开始，到一九○四年定居在巴黎为止的作品为中心，并在各个房间按照年代来加以区别展示其作品。其中，我最喜欢的是“蓝色时期”的那个房间。

从一九○一年开始到一九○四年为止，毕加索只以所谓“普鲁士蓝”的颜料来作画。如果将普鲁士蓝这个颜色涂得厚厚的，看起来近乎黑色的话，那颜色本身会产生一种凄厉的味道来。据说经常和毕加索一同前往巴黎的同乡好友卡鲁雷斯·卡萨吉玛斯的自杀身亡，是造成这个时期画作呈蓝色的主要原因。

站在毕加索的蓝色画作前，我想起了得过安井赏的画家鸭居玲的画作。我和他相识，是在神户的一家餐厅进行内部装修的时候。店的名字是“Kapone”,店主据说是某位画家的赞助者。结果就在内部装修完工的那天,鸭居兄就带着大约有二十幅五十号那么大的画出现在现场。

他的作品是以孤独和贫困的人作为主题的具象绘画。由于画面上几乎全是黑色的缘故,我对于自己所作的淡蓝色墙壁必须被挂上这样子的画虽然感到不悦但也没有办法。然而他的画还是让我抱有“画就是这么地悲惨而残酷的东西啊”这样的感慨,并发觉了他的画当中描绘出了人类令人惊叹而不可思议的情念。

当然这两者之间有很显著的区别。只是我在毕加索的蓝色画中,也感觉到了那份在鸭居的画中所带有的某种人类情愫。画中所散发出的气味也很相似。就算是相同的蓝色,那也与被伊芙·克兰(Yves Klein)的无限天空所吸走般空虚的蓝完全不同。怎么说呢,那应该会是秘密地蛰伏在画家内部,一种类似“愤怒”的元素吧。这是当时在毕加索美术馆的某个房间的角落,被蓝色的画所包围住的我所持有的想法。

之后,我又逛了美术馆中的其他房间。从蓝色时代迈向使用了更多明亮色彩的粉红色时代，从《亚维侬的姑娘》迈向立体主义，时而接触超现实主义以及对陶艺与青铜雕刻的涉猎等等，可以明白毕加索是一路走来都在探索着所有造型表现的可能性。但是，就算使用的颜色改变了，还是可以感受到那深刻的基底处仍流露着从蓝色时期以来便一直无法改变的东西。那应该就是在毕加索的血液中沸腾不已的“愤怒”吧。在变迁的时代当中，直到最后都携带着这份“愤怒”而全力冲刺的男人，就是毕加索。他就如同火箭一般，将率真的热情从一段、二段到三段反复爆发释放，持续飞翔、冲刺着。

一九六五年，我曾在巴黎见过毕加索本人。是在某家画廊前面，和一位画家朋友经过的时候碰到的。画廊内好像是在展出着什么，人潮一直涌动着延伸到通道外。我的朋友在那人群当中指着一个人，告诉我说“那就是毕加索啰”。那时我只抱着一种“原来那就是毕加索啊，怎么会是个像头大猩猩的老头子呢”的印象。然而，虽然外貌长得不是很像，但我总觉得他和柯布西埃具有相同的性格与姿态，会是同一种类型的人。

现在想起来，毕加索之所以看起来像猩猩，不也正是因

帕伯罗·毕加索（左一）
（1881—1973 年）

西班牙著名画家、雕塑家。他和乔治·布拉克同为立体主义的创始者。毕加索是二十世纪现代艺术的主要代表人物之一，遗世的作品达两万多件，包括油画、素描、雕塑、拼贴、陶瓷等。毕加索是少数能在生前“名利双收”的画家之一。

为秘密隐藏在他体内的那股野性所影响而导致的吗？到死为止，不也正是因为未曾失去如猩猩般那股耀眼的野性，才能够宛如火箭般，一次又一次地爆发而持续冲刺吗？

原本建筑这东西，便是建立在业主和社会之间微妙的平衡之上。若无视于机能的需求，再怎么样也不可能允许这种破天荒建筑的出现。这么说来，建筑师们似乎会有为求生存而将情感表现的部分压抑抹杀的倾向。

然而就算如此，我在“住吉的长屋”等初期的作品中，仍是避重就轻地将机能在合乎基本要求的最小限度下轻轻带过。“厕所？小小的就可以了啊！”“厨房？塞在小角落不就好了……”所以对使用者来说，确实是不好用没错。虽然至今都觉得对房子的主人过意不去，但在那儿至少铭刻了当时我真的很想在建筑上做点什么的那股热情。

一九六九年，事务所刚开始的时候，没有接到任何委托的案子，在没有冷气、大约只有十坪（一坪约为三点三平方米）的房间里，我总是在床上辗转难眠，而后注视着天花板。那个时候的愤怒的确激发了我自身的野性吧。现在看来，自己仍觉得

毕加索《格尔尼卡》

那些初期的作品的确是蛮强势的。

然而，我认为在那之后的未来才是必须要经历的考验。不管是谁，如果说一辈子当中至少要有一次的振作或爆发的经历的话，那是比较容易的。但在这有限的生涯中，要能像毕加索那样反复爆发好几次，除了那股如猩猩般的野性必须坚持下去之外，我想拥有真正的才能更是必不可少的。人类社会里的栅栏是眼睛看不到的，在搞不清楚的状况之下，就算是真正具有野性的猩猩，也会遗憾地变成动物园里惯于被饲养的猩猩。

最近在照镜子时，我观察自己是否与酷似猩猩的毕加索有几分相似，也试着问自己是否仍未失去那股充满野性的光辉。鸭居玲于一九八五年的九月，结束了自己的生命，我想他大概在不知不觉中发现自己创作的枯竭，无法忍受被关在自己的牢笼之中吧。

7.Paris 2

巴黎 2 | 作为宣传政治意图的都市

创造了新巴黎的建筑师几乎全部都是外国人。这使得巴黎在世界上普遍给人以国际化与世界化的印象,并且使人对设计师所抱持的开放作风与宽大态度记忆深刻。

一九六八年，我第二次造访巴黎，正好置身于五月革命的狂潮之中。巴黎的交通全面中断，咖啡馆、餐厅、食品店也都一一关门。总之，巴黎的革命是一场极为彻底的革命，甚至连面包都必须采取配给的制度来供应。因为我仅仅是一个观光客，似乎也只能靠着从住在蒙马特的友人分享得来的半份面包与饮用水，勉强地糊口存活下去。

在巴黎骚动的混乱当中，我一点办法也没有，只好随着街上的人潮，每天从蒙马特友人的家里走到“克鲁切拉德”这个地区。若说我能做些什么的话，就是和巴黎的人们一样，将埋在铺道中的石头挖出来，然后不需理由地对着某个人或某个地方投掷。只是，这个世界正以一种非常惊人且厉害的能量变化着。这种真实感，因我亲历现场并且耳闻目睹而使得全身上下感到无比兴奋。

当我终于可以开始去发掘、探索巴黎这个都市的时候，已是两个多月以后的事了。

在那之后，我又前往巴黎无数次。直到现在，一年中大概还是会去个四五次吧。而且现在的巴黎，仍旧以一种惊人的气势在持续改变和发展着。虽然那时候(一九六八年)我所感觉到的巨大变化是用眼睛所看不到的,然而近几次的变化则是肉眼可以清楚看见的实体成品。

最近去巴黎都住在圣日耳曼饭店。那是位于圣日耳曼・德・普雷区,一家小巧而精致的三星级旅馆。然后我一定会走路到位于荷纳路的蓬皮杜中心。也不是说非要特意去看个什么展览,但就是喜欢那周围所散发、漂浮着的气氛。而且事实上,再怎么说新巴黎也是从这个地方拉开了序幕的啊。这总使我兴奋不已。

在法国总统蓬皮杜的指挥领导下,于一九七七年开幕运营的这个艺术中心,和一八九九年所盖的艾菲尔铁塔一样,从一开始(一九七一年的竞赛)便引起了相当激烈的纷争与论战。无论如何,这栋从通气孔到排水管都完全暴露在外,让人觉得外观宛如工厂的建筑物,对于历史都市保存学者们而言可想而知是一件大逆不道的事情。而我那些一直住在巴黎的画家朋友们,也分成了两派。一派觉得非常精彩而赞赏不已,另一派则感到无限惋惜。就算如此,蓬皮杜中心仍是全世界参观人数最多的美术馆,同时也代表着新巴黎的新一代都市景观。

在那之后上台的密特朗总统,对于这个新的改变似乎带着更为浓厚的兴趣与热情。首先从一九八九年的新凯旋门开始,接着是卢浮宫的玻璃金字塔、拉维列特科学博物馆、新财政部厅舍、巴士底歌剧院、阿拉伯文化中心等等,由于所谓的恢弘计划(Grand Project),使得巴黎的城市风貌与景观产生了急剧的变化。

若审视这些因新巴黎而引发喧嚣的都市景观论战,且不论其好坏,至少这些新建筑群已起码成为唤醒巴黎人对于都市意识的催化剂,这是可以被肯定的。

一九八九年,当古色古香的卢浮宫的中庭被盖上了一个玻璃金字塔时,我在不假思索的状况下便即刻飞往巴黎。满载古典装饰而厚重的卢浮宫,透过这个可称得上是二十世纪最极致且巨大的玻璃,映照出其影像而互相辉映。代表着旧巴黎与新巴黎的这两栋建筑,是以一种面对面的姿态耸立着,我所见到的绝不是一种“对立”的画面,而是发出肺腑之言——“这才是建筑啊”的赞叹与感动。我个人确信那是从二十世纪后半叶开始为迎接二十一世纪所创造出来的新景观。建筑除了为城市增添华丽的装饰色彩之外，还带有活化经济与文化，并构成都市景观之一环的功能。建筑不仅成为都市意象的宣传媒体，也使得人们因为这个意象而得以聚集。当然那也与政治家的生命线巧妙地联系在一起，因而可以推断，都市的确能够作为政治意图的宣传。

这里应该注意的地方有两点。首先，是大规划里的所有建筑，全部都是文化相关设施。文化和人们的生活丰硕富足有着直接的关系，而借由“文化”这个范畴的介入，城市这个人为装置方能培养民众、陶冶市民吧！

另一方面，创造了新巴黎的建筑师几乎全部都是外国人。比如说，蓬皮杜艺术中心的建筑师是意大利的皮亚诺（Renzo Piano），玻璃金字塔的贝聿铭是中国人，歌剧院的建筑师是加拿大人，而新凯旋门则出自丹麦人的手笔。这使得巴黎在世界上普遍给人以国际化与世界化的印象，并且使人对设计师所抱持的开放作风与宽大态度记忆深刻。

一九九二年欧盟（EU）统一。这么一来，以“国”作为单

蓬皮杜艺术中心

贝聿铭作品——卡塔尔多哈伊斯兰艺术博物馆

位可能已失去了意义。取代“国”这个单位的，似乎变成了一个一个的“城市”。如果真的变成这样，未来能够聚集人潮并得以发展而生存下去的，似乎只剩下那些具有独特魅力的都市而已吧。在未来二十一世纪里能够在欧盟中掌握主导权的，无疑便是像巴黎这样的城市。

在十九世纪，与拿破仑三世一起创造了迈向二十世纪的巴黎是豪斯曼男爵（Haussmann，当时的巴黎市长），因而过去的巴黎被称作是“豪斯曼的巴黎”。同样的，二十一世纪的巴黎肯定会被称为“密特朗的巴黎”。

而最重要的，可能是在于为了成就一个具有政治宣传功能的都市，同时秉持独创性与客观性的领导者是不可或缺的。此外，这个领导者就算反对者众多也必须拥有着毫不动摇的信念、持续贯彻推动计划的压倒性勇气。

附带一提的是，究竟在未来的二十一世纪，日本的都市会变成什么样子呢？东京？大阪？遗憾的是，出于对现今日本政治家的勇气，我似乎未曾尊敬、佩服过。

8.New York

纽约 | 迈向摩天楼、恶魔的引导

世界上尽盖些一个模样的房子,如此的现代都市景观就像战后日本人的脸一样,每个都很美但却少了些个人韵味,是非常乏味的一件事。在这个状况下,看到纽约强有力的都市意象乃是由强烈个体彼此紧靠在一起所形成,让我觉得决定一个都市风格终究得由一栋栋的建筑物作为起点来负起责任。

我二十岁的时候,正值弱冠之年。当时二十三岁的堀江谦一搭乘着美人鱼号,第一次成功横越太平洋。那是一九六二年的事。该年的五月十二日,他一个人从神户港扬帆启程。及至他历经千辛万苦,好不容易到达旧金山的金门大桥时,已是三个月后的八月十二日。由于他并未持有护照,对日本领事馆而言恐怕卷入偷渡入境的复杂问题。当他们正打算要将他强制遣送回日本时,美国人却采取一种欢迎英雄的方式,以欢呼与掌声迎接他的到来。当时看到这个新闻报道的我,不禁对美国这个国家所拥有的深远气度感到由衷的佩服。那儿可以说满载了自由与希望,是真正属于美国人的梦的国度吧。

数年后,某个怀抱着理想与梦、不甘屈服于现实的建筑师朋友带我去了一次堀江先生在神户所经营的小酒馆。我在那儿见到了堀江先生本人,虽然说他的个头比较小,也没有散发出那种似乎已经历过大风大浪的味道与气氛,然而在另一方面却隐约可见他对于下一次冒险所作的准备,随时默默地储存着具有爆发力的能量。而我开始具体意识到美国这个国家的存在,好像就是从这个时候开始的。

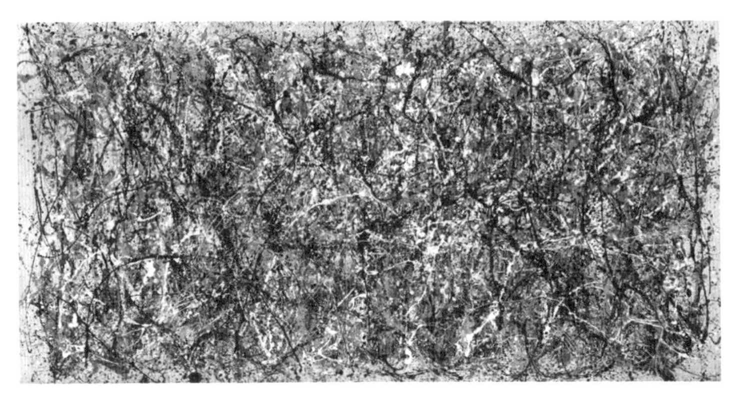

波拉克的滴画作品

那时，我因为初次看到纽约的照片，而受到了强烈的冲击，直到现在仍记忆犹新。那虽只是一张普通观光照片，以黑白色彩呈现的摩天大楼，但却宛如一座活生生的幻想立体城市般，在绽放出绚烂光彩的同时，展现出往上耸立延伸的雄姿。

于一九二〇年前后所盖出来，作为都市景观装饰艺术的高层建筑，每一栋都具有强大的力量，特别是在屋顶顶层部分格外具有个性。它们一一抱持着明确的意志，好像在主张着什么似的。在不同个性的彼此冲突下却又紧紧贴在一块儿，奇异的画面使得纽约这个不定型的整体样貌得以产生。那姿态以一种近乎恐怖的力量，对看着它们的人们诉说着某些事情。那当中囊括了所有的一切，也包含了人类的生活，弥漫了以可怕的气势在奔流着的都市氛围。那真的可以说是二十世纪中都市景观的最高杰作。

帷幕墙所代表的现代建筑技术，的确将建筑从重力的束缚中解放出来，达成建筑史上始料未及的不可能任务。然而这却造成每栋建筑物都长得很像,如同整容之后的那张脸,尽管漂亮却没有个性。世界上尽盖些一个模样的房子,如此的现代都市景观就像战后日本人的脸一样,每个都看似很美但却少了些许个人韵味,是非常乏味的一件事。在这个状况下,看到纽约强有力的都市意象乃是由强烈个体彼此紧靠在一起所形成,让我觉得一个都市风格的决定终究得由一栋栋的建筑物作为起点来负起责任。

同时,我对纽约这个大都会所抱有的印象,总会和杰克森·波拉克(Jackson Pollock)以强烈意志所创造出的不寻常的混沌造型重叠在一起。波拉克的画作,在一开始便将中心性给舍弃掉,而带有混沌不定的形式。

从一九四八年那时候开始,波拉克以地面作为"行动场域"并铺上帆布,在上面一边倒上颜料一边进行绘画,因而创出滴画的技法。他自己也跳入画中作画,在帆布上留下画家强烈的意志与身体不停颤动、滚动的轨迹。那里并没有"画的完

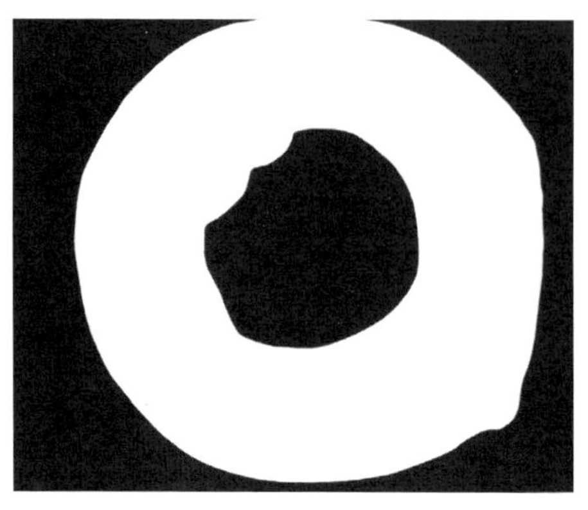

成”这个到达点，只有充满了创作者紧张的感知呈现，从持续进行的绘画行为中一瞬间达到静止的状态。在那里只有开始，没有结束。

如果说单焦点的透视画技法是文艺复兴时代之后的绘画主流的话，那么波拉克的作品便是混沌不定的多焦点绘画，是二十世纪中的一种革命。在一九六〇年安保年代，不知道目标是什么，也看不清楚时代的方向而活着的同时，我闻到了与波拉克相同时代的气味。而在那之后，我若无其事地自问：“究竟在建筑的范畴里，是否也存在着所谓‘混沌’这样的东西呢？”

在我事务所的墙壁上挂有一幅以白色为基底、绘有黑色圆环的画。那是吉原治良晚年代表作，《白色之环》系列作品之一。而吉原治良则是启蒙我打开对于现代美术视野的其中一人。

一九六二年，在大阪的中之岛，一个叫作“具体美术协会”的空间完工了。这个以卖油商行的古老仓库加以改造而成的空间，是在一九五四年以吉原为中心所组成的具体美术协会的总部，是白发一雄、元永定正、向井修二、岛本昭三这些现代

◀ 吉原治良《白色之环》

吉原治良(1905—1972年)
出生于大阪。1934年初次入选二科展。1938年与二科会的前卫作家组成九室会。1954年设立具体美术协会。逝于芦屋(大阪近郊)。
具体美术协会(1954—1972年)
以吉原治良为中心在大阪组成的前卫美术家团体。1962年在大阪中之岛作为根据地创立的具体美术协会,后因吉原治良的逝世而解散。

美术家们洋溢着年轻热情的根据地。

他们为了实践吉原的理念,在附近的河滨地区来回奔走,试飞“风船”并进行其他艺术创作活动。以现在的语言来讲的话,可以说是表演,或者说是举行盛大的类似主题式的实验行动剧。当时只有二十岁的我,对于这种竟然也能被称为艺术的东西感到无比震撼。反过来说,发现自己竟置身于如此前卫的旋涡当中,或说是体验到了时代的转换与变迁,而产生一种不可思议且难以形容的快感。

那大概是在大阪,甚至是日本现代美术开花结果的最初,同时也是最后的年代——至少我是这么认为的。那是一个充满可以动摇并震撼人心的情感与力量、并且能够接受与包容因动荡所产生的突兀及所有异常存在的黄金年代。

“具体美术协会”完工之后的那期间,大家经常围坐在仓库的地板上展开长时间的对话。我也加入了那个圆圈的角落,不知不觉当中我也开始思考关于艺术的可能性。他们的语言对我总有所启蒙而充满刺激。“不要模仿别人!”、“尝试做些新的事情!”、“人类要如何才得以自由?”等等。如此大声疾呼的他们,教导了我"要冲破自己的躯壳来表现"这件事的重要性。

能够知道有杰克森·波拉克的存在这件事,大概也是从和他们的交流当中所得知的吧。他们当时除了在纽约、巴黎、杜林等地举办了"具体美展"外,似乎也和世界上的现代美术家们有所联系。对他们而言,身为行动派画家(Action-Painter)之先驱的波拉克,应该是比当代的任何一位画家都来得重要而伟大。就像马塞尔·杜尚(Marcel Duchamp)等这些从巴黎流亡到纽约的超现实表现主义艺术家,仿佛是波拉克这些抽象表现主义者的精神寄托一样,对遥远东方的现代艺术家而言,波拉克也是那样的存在也说不定。

二十世纪六十年代的后半叶,波拉克的作品也在东京公开展出。在那儿他所"毁掉"的美术画作当中,有一个完全异质的世界存在着。站在波拉克的画前,任谁都会被卷入那强烈的氛围当中,而没有任何思考的余地。我也感受到了那份强烈的冲击。为什么能画出这种作品呢?究竟自己是为了什么而活着?那是到了几近动摇自己本身之存在感的程度,那是一种对于观览者意志的召唤与诱惑。波拉克的画,就带有这样的“毒素”。那股强劲的毒素,恐怕也侵袭了作者本身吧。那是在破坏包含着自己身边所有的一切来创造出新事物的欲望。对作者本身而言,是类似恶魔在耳边的呢喃与呼唤;在绚烂夺目之魅惑的背后所隐藏的,是近乎恐怖的孤独与不安。我自己因为从事设计的工作,常常实际感受到那深沉的呼唤与低吟中所包含的恐怖魔性,所以多少可以体会到波拉克苦恼的心情。的确,如果可以轻松地将潜伏在自己体内的恶魔给抹杀掉的话,人们就不会有什么苦痛,而得以安度美好而快乐的人生吧。但如果真的变成那个样子,无疑是将自己作为一个艺术家的生命给画上了休止符。

波拉克一直到最后,都坚持着他作为一个艺术家所拥有的生命。一九五六年的夏天,波拉克和爱车保时捷在长岛(Long Island)发生了交通事故,肉体飞出车外而支离破碎,据说是因为酒精中毒的缘故。当时四十四岁的他,终究无法摆脱一直沉潜在他体内的恶魔吧。但在最后仍然能以作为一个艺术家的风格而死去的这件事对他而言,或许也可以算是一种幸福。

纽约世界贸易中心昔时美景

孕育出波拉克这位拥有如此壮美凄绝人生之艺术家的,是纽约这个城市,与那个美好的时代。我想闻闻那个城市的气息,以及那个时代所残留下来的味道。对于那样的诱惑,当时只有二十岁的我可以说毫无抵抗的余地。

一九六七年的四月,我口袋里装着打工所赚的五百美元现金,在西岸搭上灰狗巴士,经过波士顿,最后到达纽约已是六月底了。在半夜中醒来,正好临近布鲁克林大桥,窗外是以前曾在照片上看到过的摩天大楼。它的绚烂光彩如同波拉克画作的美感,强而有力地映入我的眼帘。

9.Paris 3

巴黎3｜生生流转、水的漫游

在如此混杂的生活当中，我带着一种渴望得到救赎的心情，常常前往卢浮宫的分馆——橘园美术馆，看着雷诺阿、西斯莱、巴西尔等这些可说是“耽溺之美”的印象派作品，而得以暂时松一口气，得到心灵上暂时的安歇。

遇到开高健，大概是在一九八〇年，于南大阪的街道上与朋友们一起散步的时候。一个长得像熊一般的男人，以人潮的两倍速度向我走来。那就是开高健。由于他和我一位偶尔碰面的朋友是旧识，所以我的朋友便将他介绍给我认识。

他当时一开口就这么说：

"你就是安藤啊。我说年轻小伙子啊，不全力奔跑可是不行的喔！"

"啊，我会全力以赴的。"虽然不知道是怎么一回事，但我还是这么回答了。

"要更加使出全部的力量往前冲！不要回头！如此一来，你将可以看到原本看不见的东西。那么，告辞了。"撂下这样的一句话后，他便在瞬间离开而消失了。这途中恐怕也不过才两至三分钟左右吧。如同熊一般的背影，转眼便隐没在人群中。那是和开高健最初也是最后一次的会面。

究竟"看不见的东西变得可以看见"是怎么一回事？而看不见的东西会是什么呢？虽然当时没能够体会，不过最近却不知不觉变得可以理解了。

话说我在淡路岛上盖了一座叫作水御堂的真言宗佛堂。在基地上有座可以一眼看透全貌的小丘。我在上面置入了一个莲池,在池塘中央有一座将莲池一分为二的楼梯,从那里往里边走下去便是由墙与柱支撑而成的水御堂所在。御堂的墙壁涂的是朱红色,因此当西晒时光线射进御堂,室内就仿佛染上了鲜红色那般的金碧辉煌。在莲池潭之下,是一个类似由鲜红色的西方净土所扩展开来的世界这样的构造。

其实,这个西方净土的意象,并不是在有意识的思考累积下所得到的产物。

一九八九年九月,我第一次接到了来自业主,亦即真言宗寺庙方面打来的电话。“场所仅止于一个倾斜的小高丘、周围可以看得见海……”对方在说明基地与其周遭条件时,一瞬间莲池的水面及西方净土的画面在我的脑海中如同闪光般绽放出绚丽光芒。在讲电话的同时,这个建筑设计的样子就这样完成了。

宛如自动书写一般,在脑海中烙印了的形象,就这样原封不动地对着话筒的那方侃侃而谈起来。

克劳德·莫奈(1840—1926年)

法国画家,印象派代表人物和创始人之一,擅长光与影的实验与表现技法。

“那真是一个了不起的提案。这样的愿景可能实现吗?”他如此问我。

之后,冷静地想了一下,莲花对于佛教而言本身便是一种极致神圣的象征性存在。而且,在水中有心灵得以安歇与喘息,在自然中生命得以孕育与长进,有如此一贯的故事性。然而那些并不是在知性状态中透过试验过程所产生的东西,而是瞬间的、感觉上的层次所“看到”的东西。

开高健所留下来的那句“可以看见原本看不到的东西”充满暗示性的话语,不就正透露着这样的讯息吗?那时候,瞬间消失在人潮中的开高健的背影,突然闪过我的脑海。

有一次,伦佐·皮亚诺(Renzo Piano,关西空港设计者)对我说:“你的建筑作品都是采取一种引用的手法来处理的。而它们好就好在你是用隐喻的方式,而非明喻的手法。”

这很可能是过去我所见到的,以及自己身边所存有的一切,全部凝结、融合、过滤到我的血液中,然后突然在某个时候,以狂热的速度喷涌出来而成的吧。如果真的是这样的话,那我无疑是继承了克劳德·莫奈的血统。

莫奈《睡莲》

于一九六五年初次拜访巴黎的我，大部分时间都住在离蒙马特很近的皮卡鲁一带的一位画家朋友的家里。那附近塞满了铁皮屋及酒吧，是供季节劳动者的安宿之地。与现在的皮卡鲁相比，当时的皮卡鲁更多了一分混杂的底层气氛。虽然说是一个房间，但也只是一室一厅的狭窄公寓，除了一张床之外什么都没有。

由于那里除了我和画家朋友之外，还有一个白吃白喝的人在的缘故，所以我很幸运地总能睡在床上。此外，有时候画家的女朋友也会过来一起住。

在如此混杂的生活当中，我带着一种渴望得到救赎的心情，常常前往卢浮宫的分馆——橘园美术馆，看着雷诺阿、西斯莱、巴西尔等这些可说是“耽溺之美”的印象派作品，而得以暂时松一口气，心灵上感到暂时的安歇。

莫奈的晚年杰作大壁画《睡莲》，也是那些作品中的一幅。那是犹如伴随着时间与季节的转移，自然万物也随之呼应改变的那样，在柔和的光中所画出的八幅大画作。挂在墙壁上的这幅大壁画温柔地支配了这装饰性很强的橘园美术馆的空间。我在这里面感受到一股与日本式的自然观交会而相通的温柔气氛。

在西洋绘画当中,这么大胆地采用莲花作为表现主题来创作的恐怕找不到第二个人。而且,莫奈还在自宅当中为自己建造了一座莲花池,到死为止都一直继续画着睡莲。他对睡莲是如此深情而痴迷的。那当然和东洋(日本),具体上来说是与浮世绘的接触脱不了关系。高更、梵高等人,当时对浮世绘有兴趣的画家并不在少数。莫奈也是在对于生活的不安当中摸索着表现方法之际,与浮世绘相遇的吧。除了引用浮世绘当中的技法之外,莫奈的画中也大胆地存在着对于日本自然环境的参考元素。那是在自然与人类未被割离的状态下所捕捉到的东洋自然观,特别是对于将水视为精神寄托的这份属于日本人特有的纤细感受性。可以看得出莫奈是因为有了深刻体会才加以援用的。“远去的江河川流不息,然而留下的已不是最初的源头之水……”

就如鸭长明的《方丈记》中所记载的,那是以水作为象征,属于日本人的感受。与带着绝对辖制与空间感觉的西洋时间观念相比，日本人就像水一样随时移动着。在暧昧的状态下随波逐流，终究是要全部回到水泡里去的。

在淀川上游长大的我，大概和别人比起来对于水的感觉会比较敏感吧。对于这样的我而言，象征着日本人对于水之感受性的具体事例，便是伊势神宫五十玲川的水流。当外国友人前来找我的时候，我总会建议他们到伊势去看看五十玲川的河水。特别是一边散步、一边看着与河相接的堤防长墙低处，真的非常有趣。水所反射的光照映在白色的墙上，墙壁上的影子则反映在水面上。水与墙，亦即自然与建筑在边界上呈现出了一种暧昧共存的景象。我便是在这五十玲川的水流中体会到了日本人在边界上所对应出的这种美学意识。

莫奈的《睡莲》中，我认为也带有那种属于东方的，对于水的观感与看法。

东洋的浮世绘影响了巴黎的画家们，而其中莫奈所画的睡莲更透过我的身体使得花朵能在东方的日本再次绽放。此外，那似乎并非是在有意识的状态中相互竞逐所致，而是在不断冲刺奔驰中，无意识下慢慢展开的、类似轮回转生的东西。

10.New York 2

纽约 2 | 倾听黑暗的呐喊

或许正因为自己本身从事的建筑这个行业带有“清晰理论性格”之外，同时也蕴含着“人类生命之呐喊”的两个极端，所以爵士乐所带有的不可思议生命力，才会无可救药地吸引着我。

我想，是在二十世纪六十年代初的时候吧，在大阪的梅田一带，开了一家叫作“Check”的爵士酒吧。走进这家店必须经过一条狭小巷道，并且转好几个弯才能到达阴暗的大厦二楼。店里用大音量播放着现代爵士乐唱片，客人们就那样坐着，默默地用耳朵倾听着爵士乐。来到日本的方塔纳站在墙壁前，在上面涂写了一些东西。在那个场所里，艺术家们能够得到些许喘息与放松。当时年满二十岁的我，往往会点一杯咖啡，就在那里待上好一阵子。

那时候正是现代爵士乐大量进入大阪的时期。亚特·布莱基、马克斯·洛奇、菲利·乔·琼斯、路易·汉斯等等，这些理所当然的音乐人陆续来到日本。我也因为频繁出现在音乐会现场，而不知不觉地被爵士乐的魅力给迷惑。

当时的日本仍处于尚未能够脱离战后影响的贫穷时期。在我从小长大的下町附近存在着一些中了希洛苯（Philopon，一种兴奋剂）之毒的人。那成为类似于大阪这个都市所残留的一种独特气味与景象。人们在那当中呼喊、嚎叫，在一同喘息与呻吟的同时，一起渴求着阳光而活下去。

醉人的爵士乐

那是前些日子,从三枝成彰先生那里听到的话。是说音乐这东西本来便是为了能够愉快享用美食而创设的背景元素。就西洋音乐而言,如果是作为贵族社会的背景音乐(BGM)而在知性的样式美感中漫步进展的话,那爵士乐便可说是完全异质的东西。无视于形式的存在,透过乐器与声带发出贯入人们听觉中的声响,并嘶吼出自身存在的强烈主张。在那样充斥着爵士乐的市街里,存在一种独特的气味。二十世纪六十年代的大阪也是这个样子。在一九六七年的夏天,我初次造访纽约时,发觉在那儿也鲜明地残留着那种街上所特有的强烈味道。

如果说为什么非得是夏天不可的话,是因为在那样的季节里就算没钱住宿也可以露宿荒野,到处都可以睡的吧。在逛完了西岸后,我搭着巴士,一个星期里持续在沙漠中奔驰着。抵达纽约的曼哈顿,已经是六月底左右了。住在苏荷区(SOHO)一晚两到三美元的便宜旅馆,然后晚上就泡在爵士酒吧里。入场费大概是一、二美元就够了。由于旅行中的预算是一天五美元,所以那已经是自己付得起的极限了。

最初去的那家叫作“梵葛朵村落”(Village Vangardo)。

从通往地下的阴暗楼梯往下走,里面更显得乌漆抹黑。在涌进了将近四五十人的店里,弥漫着一股危险的肃杀之气。店里店外多的是躺得东倒西歪、麻药中毒抑或酒精中毒的黑人,同性恋者们也毫不避嫌地在那里卿卿我我、搂搂抱抱。我被“竟然存在着这样的世界”所惊吓,老实说,甚至觉得恐怖。此外,我所憧憬的音乐家竟是在那样的场所演奏音乐,多少也有着无法接受的震撼。我终于搞清楚,并深深感到属于自由之国度的美国,同时也是一个直到数年前,才认同黑人参政权的种族歧视之邦。然而,在如此相互矛盾之美国的阴暗角落与狭缝中,爵士乐反而得以诞生,并生生不息地绵延流传下去。

在距离我座位两到三米的黑暗中,突然响起了小喇叭的声音。那是迈尔斯·戴维斯(Miles Davis)在演奏。在微弱光源的照明中浮现的背影,使人见识到颤动之美。他仿佛完全无视周遭的存在,好像是被什么给附身了,不停地吹奏着。我觉得与其说那是一种演奏,倒不如说是为了渴求着什么而无止尽的呐喊。那和在日本爵士吃茶店所听到的音乐是完全不一样的。

至于第一次听到瑟隆尼斯·孟克(Thelonious Monk)的演奏,我想确实也是在“梵葛朵村落”没错。钢琴前蜷伏着巨大的身躯,留着胡须、带着注册商标帽子的孟克(Monk)的样子,就如同他的名字那样,给人一种僧侣在键盘前冥想的感觉。我有一个一九六五年在锡兰相遇、曾在京都禅寺的修行僧朋友叫作荣无得。他冥想时到达无我境界的姿态与孟克演奏的模样,在我的眼中突然一瞬间重合在一起。

那是在无我的境地中完全地追求自我的人们所特有的表情。他们在纽约格林尼治村七号街的古老大楼昏暗地下室中,在都市的黑暗角落里生存着。大概对他们而言,除了那里就没有别的地方可以活下去了吧。在那个唯一的地方,倾全力释放才能生存下来的人们所具有的表情是强悍而美丽的。现在的日本,究竟哪里还存在着那样的地方呢?

或许正因为自己本身从事的建筑这个行业带有“清晰理

论性格”之外，同时也蕴含着“人类生命之呐喊”的两个极端，所以爵士乐所带有的不可思议生命力，才会无可救药地吸引着我。

因为是即兴演奏，瞬间的生命力得以交汇。那仿佛是一个个演奏者的呐喊，随着瞬时的情绪起伏而在表情上有所改变。时而调和、时而对立抗拒，往未知的终点流过去。就因为那原始生命彼此的碰撞与相遇，更能凸显爵士乐的魅力吧。而且，我认为那个超越理性、实时表达出人类瞬息万变之情绪的即兴演奏方法，在某种意义上是创作的原点所在。

那么，在建筑上是否也可能存在着所谓“即兴演出”这样的事情呢？如果有的话，那么数寄屋造的茶室的构筑方法便会是其中的一种吧。起先是突然以竹子作为支撑的材料尝试取代原本的桧木；做出三寸的柱子后，又试图改得更细等等。对于那种风格有兴趣的人和工匠师傅，一起按着自己的喜好所盖出来的茶室的做法，似乎和爵士乐演奏有着异曲同工之妙。因此，完工之后的茶室外观，某些地方总会显得不调和、不自然。然而我却认为，不止是因为这些不自然的存在，那些凌驾常理、超越肉体的咆哮与呐喊才得以栖息其中,不是吗?

数年前,我在事务所隔壁借来的一栋木屋上,用混凝土块、三夹板及防水不织布盖了一间茶室。在没有设计图的状况下便开始动工,过程中几乎完全变更了原本的想法,让熟识的工匠尽可能照着他想要的样子去做。由于也谈不上所谓的客户与业主间的关系,因此那真是一件随心所欲的事情呢。现在想起来,那应该也可以算是一场即兴建筑的演出实验。

在现代化管理的社会中,那种操作方式似乎没有存在的空间。对于偏离了管理系统与预定计划内容的事情是不被允许的。这在绘画、戏剧、音乐等各个文化领域中也不例外。这些人在美术大学、著名的音乐学院或戏剧学校毕业,然后顺理成章进入社会开始工作,除了人类社群,就无法作出评价与判断。他们对于人类体内底层的声音,应该是不会有所响应的吧。

至少,在一九六七年的纽约,所到之处都回响着人们的呐喊声。街上、公园、大楼的地下室,还有在纽约这个都市的黑暗角落里,那样的声响更加强劲,迸发着无穷的生命力。就如同

日本数寄屋

在光的照射下便会造成阴影那样，就算都市再怎么光辉灿烂，它的另一面，其实也渴求着黑暗。换句话说，都市的生机其实也潜藏寄居在恶劣的场所与环境中的吧。纽约这个都市的生命力也正因着贫富差距、人种问题，以及犯罪的这些黑暗边陲地带的存在，更相对真实地呼吸着、衍生下去的吧。

近年来的都市之所以这么无趣，便是将这些黑暗的边陲地带给全部割舍的结果——没有阴影、只有光的城市，全部都暴露在白日之下。现在的日本真的就是那个样子。没有内在深刻的活动发生，平淡无奇的样子真是非常乏味。过去以都市之黑暗为巢的爵士乐演奏，不知是在什么时候听不到了。而那家叫作“Check”的店，现在也已经不存在。

11.Seville & Granada

塞维利亚 & 格拉纳达 | 拮抗之地

对于这个极端缺乏水资源的风土条件下所孕育出来的民族而言,阿尔罕布拉宫无疑宛若一幅乐园的风景。

总觉得,人们就是会被两个完全相反的东西给吸引住的吧。沉醉在单纯事物中的同时,也会对复杂而繁琐的东西感兴趣。在被新的事物所招惹之际,也对古老的东西充满怜爱之情。向往着抽象的概念与意境时,却也在追求着具象的实物。

高校时代,我常步行到大阪近郊及京都高山附近,去逛逛角屋、飞云阁、待庵等等这些至今仍残留着的古老民居与茶室。幸运的是,那时候谁都可以轻易地进到里面,也能看到现在已不容易见到的国宝级卷轴及屏风画作。特别是雪舟及长谷川等伯等,他们以浓淡不同的墨色所描绘出来的山水画,存在着可以静静地在我心中发出回响的东西。

在和那拥有令人诧异之世界的水墨画接触的同时,我一方面也喜欢上了西班牙宫廷画家委拉斯盖兹(Diego Velazquez)的作品。如果说日本画所带有的温柔与恬淡、所象征的调性是来自于日本这个素食农耕民族的风土环境,那么委拉斯盖兹的画,无疑便是属于肉食性的那一类。我特别喜欢委拉斯盖兹晚年所画的肖像画《玛格利特》。那画面上洋溢着

委拉斯盖兹（1599—1660年）

文艺复兴后期西班牙画家，对后来的画家影响很大。他画的人物，几乎能走出画面。

澎湃的生气，多彩的色调似乎正滔滔不绝地诉说着某些事情。

为了能一睹远嫁到维也纳布鲁克家族之悲剧公主的肖像画（现维也纳美术史博物馆典藏），我甚至特地前往维也纳，并且在马德里的布拉多美术馆（收藏许多委拉斯盖兹的作品）也留下足迹。在那之后，因为造访委拉斯盖兹的出生地塞维利亚（Seville），使得我对他所抱有的狂热之情更加高涨不已。

由于自己同时被水墨画及委拉斯盖兹的作品所吸引的这份情感，或许感觉上是一件相当矛盾的事情。不过，就绘画的领域而言，表层的形式与技法并不是我所追求与探索的部分，总觉得它潜藏于内在性格的深度才是我应该去研究的。所谓内在性格的深度，指的是历史的向度，或者是表现上的意图与想法，甚至及于艺术家本身面对人群的价值观之类的东西等等，能够刺激并拓展观览者的好奇心，并且确切地搔到观赏者在创作欲上的痒处的这些事情。

站在一幅画之前，能和那当中的意象进一步契合，不知不觉中会让自己不得不再画出一幅画的那个地步，想画出充满对创造性有所刺激的那种画。对于这样的画，我总是被吸引得毫无招架之力。这其实也意味着，不管是蒙德里安的抽象画、毕加索的立体主义作品、委拉斯盖兹的作品，还是日本的水墨画，在我的心中是没有冲突的。

不论塞维利亚、科多巴、格拉纳达，或是葡萄牙与摩洛哥交界的西班牙地区，均带有时而彼此相互抗拒、时而水乳交融的矛盾事物，而具备能够接受这类特质的历史。人们可能会认为这个地区里绝大部分的事物是矛盾而冲突的，但实际上也正因为这种带有双重价值的历史脉络，这个地方才得以发展出如此精彩而特殊的人文风土景象吧。

从地理条件而言，西班牙半岛南部是所谓欧洲基督教文明与非洲伊斯兰教文明这两个异质文化相互斗争重叠的边缘地带。从历史渊源来看，罗马帝国长久的统治结束后，从八世纪前半叶就被伊斯兰教势力所支配。事实上西班牙的都市作为伊斯兰教徒的据点也真的是盛极一时。特别是科多巴、塞维利亚与格拉纳达，这些都市直到十五世纪末被基督教王国占据之前，都号称是可以和巴格达并驾齐驱，拥有将伊斯兰教世界一分为二的势力。

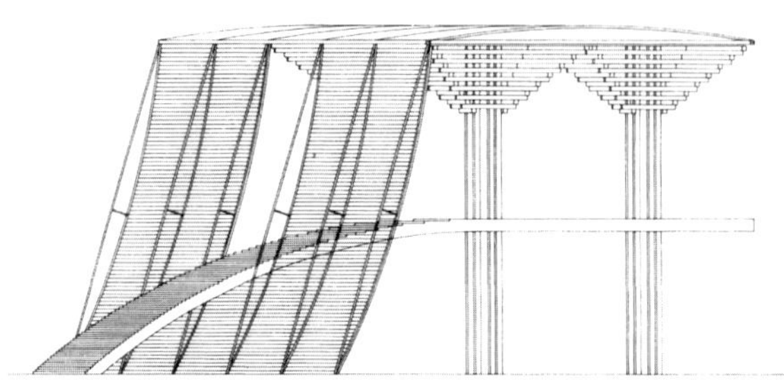

虽然说现在西班牙百分之九十五的人口是天主教徒，但伊比利亚半岛的南部则仍旧处于复层文化交织的状态。那就好像是在伊斯兰建筑里过着基督教文化生活般的景象。

比如说，在雕有阿拉伯花纹的墙壁与天花板上挂好了十字架，取代了古兰经的赞美诗在空间中流淌。在呈现几何美感的庭院里，则伫立着文艺复兴时代特征的建筑……

此外，我们几乎看不出这些西班牙的都市皆是被建造在干旱的沙漠中。我在初次造访格拉纳达的时候，不由得被它的茂绿所惊艳。那就宛如是建筑在沙漠中的广大绿洲一般。城墙所包围的领域里，引渡远方内华达山（Sierra Nevada）的雪融水，使整个都市及一个个的居住单元得以自给自足。在和外界拉起一条确定而牢固的边界线下，完全向内聚集而居，仿佛就是个完整小宇宙的存在。譬如说，作为当地典型的建筑类型——中庭式建筑。

所有的房间都面对着中庭。房间的某些部位有时只被拿来作为通道用。总之所有空间的中心就是中庭。这种中庭式的住宅类型不仅只被使用于西班牙，从近东到地中海沿岸一

◀ 日本馆（轴测图）

1992 年塞维利亚世博会的日本展览馆。意图使之成为世界最大的木造建筑。跨距 60 米，纵深 40 米，最高处 25 米。里面为四层构造，参观者经由 11 米高的太鼓桥从最上层进入。

带，在降雨量偏少的地域都是非常常见的模式。附带一提的是，我设计的建筑也常带有中庭这样的空间形态。

自古以来，日本人便心仪丰饶而细腻的自然，并且热衷居住在和自然交界的暧昧边缘地带。然而，现在日本都市的情况，可以说是更接近沙漠的荒凉了吧。就因为这个样子，所以我才想创造出在混凝土建筑中得以独立的自然场域，试着把它塑造成一个世外桃源。而这世外桃源可能拥有的极致样貌，似乎就落在塞维利亚的阿拉卡萨城、科多巴的清真寺，以及格拉纳达的阿尔罕布拉宫（Alhambra）当中。

阿尔罕布拉宫在阿拉伯语中的是红色的意思。这座在起伏的地形上被红色岩石所构筑的城墙包围的城市，带有按轴线所配置的格局，到处展现散溢着几何美学的品味。

我第一次去的时候是在一九六八年的夏天。在宫殿狭小阴暗的通路欲往更广大的通路方向走，出现在眼前的是个大房间。窗户的那一头承受着地中海地域的强烈炙热光线，而喷着水的涌泉却浮现在眼前。当察觉了清泉的水声而注视着那喷泉时，便可以看见其周围带有斑斓绚丽色彩的花朵正恣意绽放。虽然我漫步在由几何美学所压倒性支配的空间里，然而真正吸引我目光的，却是在那儿悄悄靠近的、有机的自然界所呈现的一股清新。对于这个极端缺乏水资源的风土条件下所孕育出来的民族而言，阿尔罕布拉宫无疑宛若一幅乐园的风景。

伊斯兰建筑刻意避免着图像与记号，并排除具象的东西。如同所见到的阿拉伯花纹那般，创造出的纯粹几何学空间应该也是由于这个缘故吧。在阿尔罕布拉宫里头也是，具象的就只有人类与植物这些具有生命的东西而已（石狮中庭是个例外）。被红色城墙所包围住的这个阿尔罕布拉宫的小宇宙（微观世界），便处于无机物与有机物、自然生态与几何美学这两两相反造型的完美调和当中。

以格拉纳达作为起点的西班牙地区，不仅只有基督教和伊斯兰教，同样的也是自然与几何学相互抗衡、重叠、融合的所在。因为吸收了不同极端的元素，在那当中含有一股水乳交融后所产生的强大力量。

一九九二年我接到了塞维利亚万国博览会日本馆设计的

委托。首先在我脑海中浮现的便是这件事。我想把那个和塞维利亚这个所谓的西洋地域完全相反的日本东洋文化给放进去,以引发东西方文化的冲突与竞逐。为了这么做,如果采取的是已经和目前世界均质化的日本现代文化,就没有任何的意义,所以我觉得不如去挖掘那个成就了现代文化所在的源头,并希望能和未来的发展衔接起来。

在那并列着世界一流现代建筑的万国博览会会场里,我以白木作为素材,就那样直接使用,盖了一座高三十米的巨大木造建筑。而让这栋木造建筑得以实现所需的高端技术,则依赖于计算机的分析与现代高科技的帮助来解决。

这么说来,就因为在这样异种共存的状态中,新的东西反而更能萌生出新芽来。如果事物完全吻合,一点抗拒与挣扎的余地都没有,是不可能长出什么东西来的,因为没有必要啊。在安逸和平的状态之下,绝不可能存在什么创造性吧。

在如此动荡不安的国际社会中,还装得一副和平神态的日本,究竟能展现出什么样的新气象呢?我有时都感到不安。现在日本所需要的,或许就是这种带有双重价值的痛苦也说不定。

阿尔罕布拉宫

12.Ahmedabad

艾哈迈达巴德｜沉潜于深层之中的永恒

在这个与外界的现实隔绝、宛若时间静止的那个地下空间里，我总觉得仿佛看见了一种接近永恒的存在。如今回想起来，当时在不安与紧张的状态中旅行于艾哈迈达巴德的真实体验，在我的体内酝酿、发酵，甚至是过了二十年后的现在，多少都给了“中之岛”些许的影响。

一般来说，建筑乃是从零出发，在什么都没有的状态下慢慢组织，然后被构筑出来的成品。然而在其内部深处，有着历史与传统，或者是关乎时代性与地域性的各种要素，在彼此复杂地纠结交织的同时，亦不断地往外扩张发展。

那并不会是可以看得见的物理性实体。但是，正因建筑里那个看不见的深层部分，方才能反映所谓“建筑的生命”这个事实吧。极端地来说，就算摒除了视觉的部分，建筑仍旧是可以成立的，于是在这个地方我们发现了“看不见的建筑”这个可能性。

就我的作品来说，类似的情况大概是大阪的“中之岛”这个案子吧。

该案的基地位于两条河川之间，最宽处一百五十米，长九百二十米，是一块呈东西狭长走向的河床沙洲。我打算将美术馆、会议厅、音乐厅等设施全埋在这个地方的地底下。

那并不是从零开始慢慢组构而成的作品，反而是一点一点地删减去除，逐渐浮现而明朗化的结果。换言之，那并不是积极性（positive）的“加法”（plus）建筑，而是消极性（negative）

的“减法”（minus）建筑。

如果说为什么非得要设在地下的话，是因为若将所有的建筑设施均置于地底，那么地上便可以开辟成绿色广场来供市民使用。此外，我多少想借着这个倾向“减法”建筑的案子，来抗拒今日如同泡沫一般的日本经济所衍生出的消费文化上的贪婪欲图。

现在，地表正以一种惊人的速度变化着。不到二三十年的时间废弃消失掉的建筑并不在少数。既然如此，干脆全都建在地下，就没有在欲废除的时候还得特地将它们挖起来拆解掉的必要了。

就算在地平线以上的部分，在五十年以后不得不有所变动，但在那之下的部分则可以延续下去。那儿所在乎的不会是表层的形式问题，而是更进一步地去探究空间本质的对错与是非。

另外，在印度艾哈迈达巴德（Ahmedabad）的“阶梯式水井”，同样是从外侧无法一窥其全貌的。

艾哈迈达巴德位于孟买的北部，巴基斯坦与印度国境交界处之广大戈壁沙漠的东端。由于正好位于北回归线正下方，因此境内蔓延着因为烈日照射之下所产生的惨白色调与不毛景象。那是个就算是冬天，中午气温也会超过三十度的地方。

一九六五年在欧洲的流浪之旅结束后，我从马赛搭上了一艘客邮轮。那是一艘叫作“MM Line”的客货两用船。在当时没钱又渴望环游世界的年轻人中间是一条极受欢迎的路线。

从马赛出发，经科特迪瓦、好望角、马达加斯加岛、孟买、锡兰、曼谷、神户，一直到终点横滨。我记得费用大约是八万日元，从马赛坐邮轮，全程到日本大约要花上七十五天时间。

虽然说是搭乘邮轮的旅行，但是比起那种豪华客轮之旅可就差得远了。我的房间是位于船底的八人房，而且床还是三段式的，再惨也不过如此而已吧。餐饮方面则是早中晚三餐都是一样的菜色，只有面包与用大豆煮成的咸汤。

另外，由于这是一艘客货两用轮，所以若聚集不到足够的货物是不会开船的。在马赛的时候，我曾等过一个月之久的船班，觉得就好像是被裹足一样地寸步难行。

由于在那个月当中我几乎用尽了所有的钱，所以当船终于启程时，觉得真是松了一口气。后来，我也好几次都回想起那时盘缠快要用尽时的胆战心惊。

经由马达加斯加到达孟买时，已是同年的十一月左右了。带的钱都已经见底了。不过仍是把身上的手表、相机、钢笔这些东西给变卖，而换得了一次充实的印度之旅。

从孟买搭飞机，进入艾哈迈达巴德。那里是被烈日所照射，所有的一切都变得干巴巴了的沙漠之都。而那个阶梯式的地下水井，就藏在这样的沙漠当中。

据说这个十五六世纪时所完成的地下水井，其做法是在平坦的地表上沿狭长方向进行开挖，并一边往下切出楼梯施作工程，一直挖到有地下水涌出来为止。所到之处有无数作为支撑土压力所架设的石柱与石梁分布并包围了四周，因而得以维持这深达七层楼的地下构造。

当我正想着问“全长有一百米吗”并顺着阶梯往下走的时候，在距离地表近二十五米的位置，出现了涌出地下水的八角形水井的踪影。

从位于入口处的拱门钻进去，沿着通往地下的楼梯继续走下去的时候，仿佛就像是被大地割裂切开的黑暗缝隙给整个吸了进去一样。随着阶梯一段段往下降，外面那剧烈严苛的自然环境也渐次变得徐缓而隐匿。

从上头射进来的阳光变得微弱而隐约，并开始夹杂着凉飕飕的冷空气，终于，周遭的世界开始为这静寂所支配。之后，我甚至还走进了那个只剩下自己脚步声的空间。最后，轻柔优雅的地下泉水终于戴着神秘的面纱出现了……

在那当中，也有类似宗教色彩的气氛。在这个与外界的现实隔绝、宛若时间静止的那个地下空间里，我总觉得仿佛看见了一种接近永恒的存在。

如今回想起来，当时在不安与紧张的状态中旅行于艾哈迈达巴德的真实体验，在我的体内酝酿、发酵，甚至是过了二十年后的现在，多少都给了“中之岛”些许的影响。

大概所谓的“创造性”就是类似这样的东西吧。不限于建筑、文学、音乐、美术等领域，在所有创造性的刺激成为作者血肉的同时，就会突如其来地激发出新的生命。那些刺激的来源若仅局限于知识的话，是不会有生命栖宿其中的。

阶梯式水井

为了注入创造性刺激的触媒，使创造性的卵细胞得以受精，那个能长出卵细胞的肉体是必要的。而为了能够让生命在里面得以孕育，进而体会胚胎中生命的鼓动，只有是在不安与紧张当中不断与自己斗争的躯体，才能被允许得到的特权吧。

13.Rome

罗马 | 旅行的精神

沿着米开朗基罗创作历程中的轨迹而来到罗马与佛罗伦萨,我已算不清有多少次。在那当中,我欲顺着文艺复兴时代、装饰主义、巴洛克时代的潮流而下,自己亲自去体验看看。在社会情势的巨变当中从事作品的创作,被盘根错节的复杂因素所动摇的艺术家心情到底是怎么样的一回事,也是我想去挖掘、体会的部分。

前些日子，符号学家安伯托·艾可（Umberto Eco）的女儿为了好好学习建筑，而来到我的事务所。说起艾可，我想起在观看那部以他的原作所拍成的电影《玫瑰的名字》时，里面似乎曾出现过宛如皮拉内西（Giovanni Battista Piranesi）《想象的牢狱》中所发展出来的空间。

《想象的牢狱》据说是在皮拉内西患了热病，在精神错乱时所画的一张想象式的铭刻版画。那很像埃舍尔（Escher）刻意画出来的“骗人的画”，里头不断反复出现那种令人头晕目眩、如迷宫般的非日常性虚构空间。那是在纤细的漆黑线彼此浓密重合交会当中所描绘出来的。电影《玫瑰的名字》在屏幕上所呈现的，就是如同皮拉内西《想象的牢狱》那样子的世界。遗憾的是，我未曾向艾可本人确认过这件事。

对于一个日本建筑师来说，皮拉内西所建构出来的空间，无疑便是西洋式空间的象征。

就我个人的理解，传统的日本建筑空间乃是朝着水平方向扩张发展，将室内与户外的边界保持一种暧昧的关系，使得建筑与自然之间能形成浑然一体的氛围。相对于此，皮拉内西那个如同迷宫般的牢狱空间,就像来回盘旋上升的螺旋梯所暗示的那样,一步一步往上发展。在那儿存在着一种朝垂直方向延展的明确意志。我感觉到皮拉内西的这股潜在的意志,和日本传统建筑所拥有的那部分,是一种完全对立的东西。

虽然皮拉内西那不寻常的空间是画在纸上的东西,但从初次见到以来,现在仍鲜明地刻画在我记忆的底层里。那是非常强劲而带有压倒性的力量。这股力量,究竟是从哪冒出来的呢?

身为古代罗马建筑忠贞信徒的皮拉内西,原本是一位建筑师。然而,他留下的唯一建筑作品,是罗马的圣马利亚·德·普利欧拉礼拜堂(Santa Maria del Priorato),其他的几乎都是铜版画。这些铜版画主要是以写实的手法记录、描绘罗马地景与遗迹的雕刻版。那大概会像是现在的图画明信片般的东西吧,在旅行的观光客当中似乎非常受欢迎。皮拉内西之所以不只是一个单纯的画家,乃在于他拥有属于建筑师的眼光与远见。他自己漫步在遗迹当中,进行建筑的田野调查,几乎已到了接近基础性之施工细部的程度。然后他用建筑的语言来思考,并将自己的想法融入铜版当中。

他的作品《古罗马战神广场地图》,亦强烈地铭刻了作为建筑师的皮拉内西所拥有的精神。

那是从现存的遗迹着手,在有意识地融入七座山丘与台伯河等自然环境的同时,以恢弘的尺度将罗马加以再现的东西,也可以说是想象的复原图这样的作品。与其说那是以历史的真实为基础所达到的成果,倒不如说是怀才不遇的建筑师在才能被压抑下所发出的呐喊,反而更能打动我的心。

二十岁的我,觉得皮拉内西这样的咆哮与嚎叫,仿佛是自己也曾拥有的共同经验。由于那时我的工作尽是一些茶店与餐厅的内部装修,以及木造住宅修筑之类的杂事,所以那股想做点更了不起的一些东西的企图,便不停地在我的脑海中翻滚、发酵、膨胀。

对于那样的我,唯一得以宣泄的管道(或说心灵的慰藉),或许就只有旅行了。总之,工作所赚取的钱,我几乎全都花在旅行的开销上。好比说就算存折里连一毛钱都不剩,我也会觉得反正在自己的心中到底是有留下一点什么的吧,所以也就并不怎么在意。也就是在那个时候，我把米开朗基罗的作品按照其制作的年代好好看了一遍。

一九六八年，我二十七岁。

米开朗基罗的巡礼之旅，首先是从罗马的圣彼得大教堂开始。我站立在《圣母哀子像》前，它宛如在冰冷大理石中注入人类体温般优美。而在西斯廷礼拜堂，抬头仰望应该称之为空间绘画的天花板画作，感觉就像是被壮大的神话世界所围绕。

接着我前往佛罗伦萨，到美第奇家族礼拜堂参拜。与布鲁内勒斯基的圣餐室相较之下，这个在天花板上有大小重合的圆，由米开朗基罗所作的垂直性空间着实令人惊艳。此外，当我走在装饰主义建筑的代表作——洛伦佐图书馆的阶梯上时，就如同是爬在雕刻上那般超现实。

再次回到罗马的我，则去探访了康比多利欧山丘上的广场。广场的入口慢慢地越来越小，是因为考虑到在视觉上透视效果后的处理手法。我对于配置计划是需要经由建筑与人的活动之计算分析结果来发展的这个重要观念，感觉好像就是在这里学到的。

米开朗基罗《圣母哀子像》

第二度造访西斯廷礼拜堂时，我站在祭坛墙壁上的画《最后的审判》前，很仔细地端详了每一个被画出来的人物。此外，我也重游圣彼得大教堂，这一次不仅看了《圣母哀子像》，还把整个建筑物给完整地看了一遍。这栋建筑，是米开朗基罗七十一岁时才开始进行的作品。他本人虽然未能见到其竣工的模样，但他因年岁已老而壮志未酬，以及那份对于创作所持有的能量与热情，却深深地打动了我的心。同时，我也深深地感受到那份成就大业所需经历的艰难与身为建筑师的悲哀。

那个样子的我，沿着米开朗基罗创作历程中的轨迹而来到罗马与佛罗伦萨已算不清有多少次。在那当中，我欲顺着文艺复兴时代、装饰主义、巴洛克时代的潮流而下，自己亲自去体验看看。在社会情势的巨变当中从事作品的创作，被盘根错节的复杂因素所动摇的艺术家心情到底是怎么样的一回事，也是我想去挖掘、体会的部分。

特别是就米开朗基罗的情况来说，一项项的工作经常都要花上数十年的光阴。例如受美第奇家族所委托的洛伦佐图书馆一案，接受委托时的他有五十岁的年纪，最终完成已是八十四岁的高龄。在这三十四年之间,他一直从事这项工作。另外教皇尤利乌斯二世(Julius Ⅱ)的陵墓竟花了整整四十二年之久。

就我而言,“六甲集合住宅”算是历时最久的工作。从一九七九年开始接到这个案子,到第二期工程完成时已是一九九三年。在十四年当中一直持续着这项工作。此外,目前也正着手计划着第三期工程的部分。当全部完成时,应该已经是二〇〇一年的时候了吧。

对现代建筑而言,那还真是一件非常花时间的作品呢。而且,当初的计划也是在长时间当中不断变更、大幅成长,并远远超越业主原本所抱持的想法。若试着去作为一个创作者的话,常会有对自己的成果不断反复否定、重新来过的经验,同时便会与工作间发展出难分难解的关系。

就因为能够了解自己身上一直被某件固定工作给缠住、绊住的痛苦,以及经常性地对于自我否定所产生的厌倦,因而对米开朗基罗可以在那么长的一段时间内(就算潜在的也是)和同一件工作纠缠不清,也只能感到惊讶而已吧。更何况米开

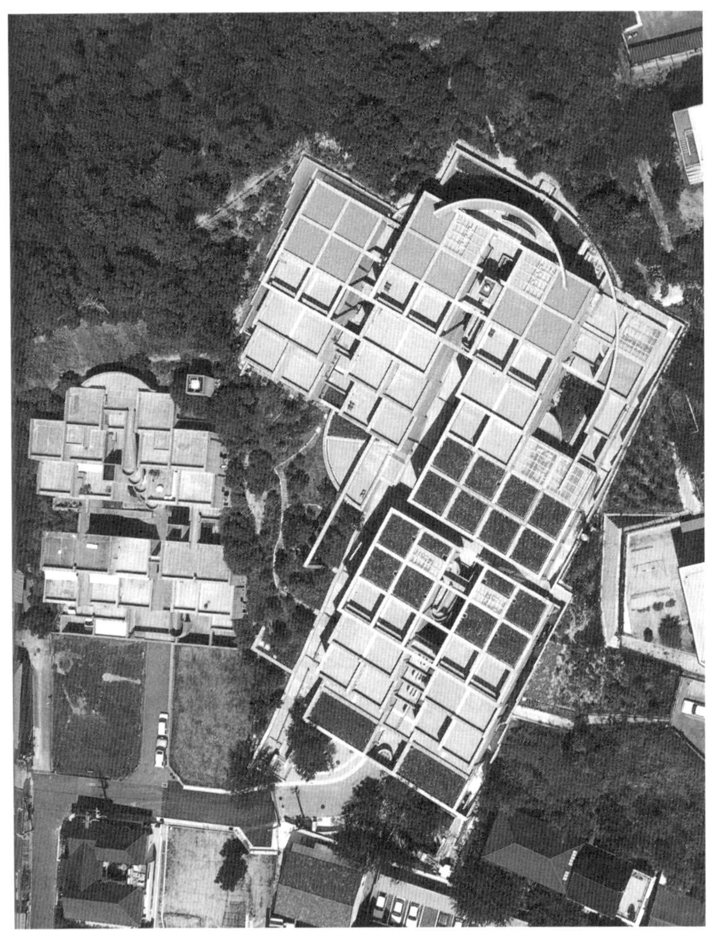

六甲集合住宅

神户六甲山麓，于 60° 斜面上所盖的集合住宅。
一期完成于 1983 年。相对于几何学形式的外观，
内部住宅的类型、大小却完全不同。

朗基罗可是同时经手了好几项工作的呢。这种近乎贪婪的工作态度,令我觉得所谓的艺术家“创作者”,还真是欲念深沉的人啊。

一五六四年,米开朗基罗结束了当时可说是极端漫长的八十九年生涯。或许也就拜这么漫长的生命所赐,成就了他波澜壮阔的伟业吧。看到米开朗基罗在创作上如此强大的意念,使我不得不感到所谓的“创造力”,还真不是一个善良的人所能拥有的东西呢。

如同皮拉内西在罗马,与古代罗马建筑进行对话的同时,将自己作为一个艺术家的创作欲给铭刻在铜版上那般,我也从罗马到佛罗伦萨这样一路走来,和米开朗基罗之间有了深刻的交谈。

我在素描簿上画下圣彼得大教堂的速写,然后试着在上面按自己的想法再加上一些东西,在自己的脑海中去想象、刻画出属于自己的尤利乌斯二世的陵墓。或许是想要和那个在与遗迹对话当中膨胀了自我的皮拉内西一样,我也在自己的旅程当中,不断寻求着每一次与自然、历史与人类所有东西之间的沟通与交融。

前些日子，历史作家盐野七生先生说了一件有趣的事。

“我有很多的朋友。柏拉图是，罗马皇帝尼罗（Nero）也是，大家都是我的好朋友。不管是什么样的历史人物，只要透过对话就能成为朋友。”

对我而言，所谓的旅行就取决于这种架空的对话究竟能达到什么样的程度。

和那种完全不会发出任何语言的东西进行对话，相较于现实中的那种交谈式对话，最大的不同在于内在深层活动行为的有无。若说是为了什么非得这么做的话，可能那也算是一种与自己本身进行沟通的动作吧。

此外，随着渴望的扩张，这种形而上的、架空的对话，就会更加没完没了。从二十年前为了与米开朗基罗进行对话所开始的旅程，直到现在还不断地在我的心中持续进行着。

14.Construction Guidelines 1

建筑指南 1 | 即将完工的建筑

人类也是一样的吧。如果说人类的生命是一个迈向“死亡”的过程,那么人类的“生”所具有的美丽,想必还存在于那过程当中吧。我觉得人类、建筑都是同样的,在未知的可能性与眼睛所看不到的领域里,才更隐藏着真正的美。

到目前为止,我已有过为数不少的旅行经验。这本书也是从我那样的历练中所产生的。而且再怎么说,现在这样子书写、叙述着关于旅行的文章,也是透过回溯过去辛勤旅行的轨迹,重新唤回那过程当中曾经发生过的对话,对现在的自己进行再确认的一项作业。只是,在这种作业的反复进行之下,无论如何都会有意想不到的看法与观念冒出来。然而,就算那和全体的旨趣大相径庭,反而在谈到那些部分时,更能深入到整体的内在性格与行为的层次中,变得更接近本质也说不定。

首先,我想谈谈在神户的六甲所盖的“六甲集合住宅”二期工程进行时的现场景况。对完成后的建筑早已司空见惯的读者们来说,能够看到这种逐渐完工的建筑样貌的机会应该不多。然而这种施工中的建筑物所带有的表情,却是最有意思的。

这和那种从不安与紧张、雀跃的期待中所开始的旅行,终于逐渐接近尾声,逐渐变得感到落寞的心情极为相似。在脑海中不断设想,构思出各种图面,在期待与不安交织下的狂热中开始施工的建筑，终于也随着即将完工，慢慢地感到孤单与空虚。然后在完成之后，将它移交给业主时，甚至偶尔会觉得"为什么自己所做的东西就非得交给别人不可呢"，进而感到无奈。

建筑与绘画、雕刻及其他艺术不同的地方，在于它必须接受所有的条件限制。比如说经济的，或者说社会的，以及法律上的限制。还有建筑基地本身的局限性。此外，对于建筑师而言，水泥工与木匠等施工人员这些为数不少的个人意志也存在着不得不一一整合的辛苦。就在这样和各种不同阻力的战斗中，建筑逐渐地被构筑起来。若没有那些斗争的存在，就不会有建筑。极端地说，建筑的生产过程便立足在无止境的斗争之上，而完成后的建筑也不过就是那斗争的结果罢了。总而言之，建筑就是斗争的艺术；而施工现场就宛如斗争的舞台。斗争质量越高，那么完成的建筑也就更加有趣。

话说回来，六甲集合住宅，便是我的作品当中，经历过最惨烈的恶战苦斗的案子之一。建筑物盖在近六十度的斜坡上，从上面看来，几乎是垂直的一道陡坡面。首先，就没有任何其他的建筑盖在那样的地方，而且基地又属国家公园用地，故其高度与容积率均被法规严酷地限制住。我在那里所采取的策略是，挖掘那个六十度倾斜陡坡，然后将建筑物整个插摆上去。那是因为若将建筑物埋进地底下的话，高度上会比较不受限制，容积率也就变得比较无关紧要。

然而在隔壁所盖的第一期工程则因为这个急斜坡，使得原本委托施工的某大型建设公司以“由于基础工程的阶段存在着百分之五崩塌的可能性”为由而大打退堂鼓。结果，我只得和认识的某家大约只有二十多人的小公司合作，一起按着原本构思的计划完成了。

现在，第二期工程紧邻着第一期建筑也已经开工。这个二期工程的规模不仅是一期工程的四倍，同时所需要的技术更是艰难无比。施工进程中，就宛如战战兢兢地面对所有困难而展现出的雄姿。完成之后，若建筑慢慢融入周边的风景，被日常的景象所覆盖淹没的话，这份紧张感与粗犷的生命力将悄悄地被内化，不知不觉中就变得看不见了吧。因而我觉得“即将完成”的这种状态，是建筑能够拥有最美容颜的一刻。

人类也是一样的吧。如果说人类的生命是一个迈向“死亡”的过程，那么人类的“生”所具有的美丽，想必还存在于那过程当中吧。我觉得人类、建筑都是同样的，在未知的可能性与眼睛所看不到的领域里，才更隐藏着真正的美。因此我希望这隐藏在施工中建筑里的美，能够让更多人去明白和体会。

15.Construction Guidelines 2

建筑指南 2 | 迈向废墟的建筑

如果可能的话,我很想做做看那种就算是成为废墟,就算最后只剩下基础与一楼的部分,却仍充满着叙事能量的建筑。或许就因为施工中建筑的模样和这个成为废墟的建筑拥有相似的容颜,所以我才对于施工中的建筑特别感兴趣,且带有一份难以言喻的感情。

当我在思考建筑之美究竟是什么的时候，脑海中总会浮现“那应该就是所谓的生命力吧”的印象。带着全部的热情与能量，呼之欲出的施工中建筑所拥有的那副姿态与表情，比什么都满溢着生命的气息。就因为如此，所以创作者就会更想要去将它完成。如果在建筑施工中压根没想过要将它完成，绝没有理由成为一个好作品的吧。另外，洋溢着粗犷生命力的施工中建筑，有时也会远远地超越设计者原初的想法，并带来令人感到无限惊叹的结果。

从一开始，建筑师从图面上所能读取到的讯息与内容就没有想象中的那么充分。能解读出百分之五十的话已经算是很好的了。将缩小比例的模型放大数百倍，还有将在平面上所绘制的图面作三维的展开，完成后能百分之百符合原本意象的几乎不存在。在施工过程中，会觉得空间似乎切得太多，或者是空间大得过头的例子也不少。然而，因为在那不知不觉中被那个从图面上所读不到的部分所惊艳，因此会觉得施工中的建筑特别有趣，甚至有时会有“该不会是图面出了什么问题吧？”的错觉。不过，也可以说就因为那些暧昧模糊的地带、因为那是谁都未曾创作出来的空间，更能显出生气蓬勃而具有超越原本想象而突出的质量。在充满了紧张感与生命力的施工现场，那股创造性的危险也是赤裸裸地披露出来。

在谈过“六甲集合住宅”的施工现场后，想谈的是位于濑户内海上、香川县直岛的“直岛当代美术馆”这个项目。它的施工过程也表现出了那种建筑即将完工所特有的生命气息。直岛是座人口约有四千七百人的岛屿，福武书店在这里盖了一座成点状分布的，包含有海水浴场、露营区及美术馆等设施的文化村。一九九二年的夏天，我在那里盖了美术馆与旅馆一体的复合式建筑。基地位于直岛的前端。技术人员与材料，都不得不每天从本土的港口出发，花十五分钟的时间一路飘洋渡海到施工现场来。可以说就因为特别去正视那样的困难，才能获得宛若建筑插入海洋般的锐利奇景，所以施工中的模样，才能这么美而吸引人。

前一章的“六甲集合住宅”也是同样的状况。我认为建筑比起那些人迹罕至之地更孕育着强韧的自然生命力。只要看过工程进行的现场，不难察觉这个压倒周边风景的景况，仿佛是要朝着蓝色深邃的海洋飞去、展翅翱翔的野生鸷鸟所带有的跃动感;现场就犹如生命降临于胚胎当中,不断地泉涌出爆发性的能量。若建筑施工终了的话,原本能量所带有的动感(dynamism)将会消逝,而由风景中的一种平衡感所取代。如果那份动感能留下一半,该有多好啊。不得不完成的建筑在施工中所具有的那股剽悍而粗犷的动感与凄厉的紧张感,在日常化钟声响起时,或多或少都难逃走向被统合在某一个稳定秩序当中的命运。那对建筑而言,虽说是一种不幸的宿命,但却不能忘记这也包含在终将成为倾颓之废墟的这个早已被写好的剧本中。那也是将建筑从日常性的覆盖与淹没中加以解放,再次重温建筑在兴建过程中曾带有的那份狂放生命力的时候。

如果可能的话,我很想做做看那种就算是成为废墟,就算最后只剩下基础与一楼的部分,却仍充满着叙事能量的建筑。或许就因为施工中建筑的模样和这个成为废墟的建筑拥有相似的容颜,所以我才对于施工中的建筑特别感兴趣,且带有一份难以言喻的感情。作为废墟而存在的建筑,我不知道那是否会成功,不过能证明这一切的,也唯有时间了吧。

16.Kyoto

京都｜都市复苏术

京都的确拥有许多值得尊敬的历史。然而那当中却不具有足以孕育都市能量的对话存在。对于被称之为闭锁以及充斥着排他性的京都而言,迫切需要的并不单单只是机能或形式上的象征,而是类似这样子的对话。

对于在大阪出生、长大的我而言，京都的存在犹如咫尺天涯。看起来好像很亲近，感觉上却又很遥远。我年轻的时候，经常来回穿梭游走在京都的寺庙与茶室之间。只是一直都觉得好像有哪些地方不对劲。比如说，代表着京都的数寄屋这个建筑类型的存在。我甚至认为，害得日本建筑如此不堪的，便是这种数寄屋（Sukiya）建筑。

原本是从书院的样式中逐渐发展演变而来的数寄屋，有一种自然反映材料的性格，并具备排除繁复装饰的美感与简洁的力道。但不知从何时起，变成了是物质崇拜与财力炫耀的宣泄管道，人们开始一味地寻求稀奇或珍贵的素材，演变成建筑表层与细枝末节上的讲究与材料技巧相互竞逐的局面。

要说是工匠建筑嘛，但也有“喜好”含意的数寄屋，因而过分地倾向趣味性，而失去作为建筑所应有的力量。如果以文章来作比喻的话，与那消瘦、骨感而木讷的文章相较之下，也还称不上是那种辞藻华丽而感人肺腑的文章。数寄屋仅流于追求表层的美，而在深层部分中能够引起回响的东西却少得可怜。若从部分大阪人那种非觉得划算才肯付钱的势利性格

京都车站

来看,这个数寄屋所象征的京都风土,便显得脆弱而矫饰了。相对于那个我视之如血肉一般重要的大阪市街而言,京都流露的那股纤细、华丽而具排他性的气息则不知怎么的,总令我觉得冷淡、疏远和不自在。

不过即便如此,拥有将近一千二百年历史的京都,不仅是日本首屈一指的历史都市,而且也是所谓的世界瑰宝、地球珍贵资产的一部分。因此,京都当然不能单纯地作为一个古都便告终了,而是应该成为可以和佛罗伦萨、巴黎、威尼斯,以及罗马并驾齐驱,能够在二十一世纪继续倾吐生命气息的都市之一。

京都大门的京都车站,终于在一九九四年重建。这一次应邀参加竞赛的包括斯特林(Stirling)、黑川纪章、原广司等世界级建筑大师,而我也荣幸地获选为参赛者之一。

有时候,车站也会成为都市的容颜与象征,如米兰的中央车站及纽约的中央车站等。这么说来,作为车站厅舍的建筑,拥有“若不存在,都市便无法成立”的这种压倒性力量是必须被期待的。比如说悉尼的意象除了那栋歌剧院外决不作他想那般，新的京都车站也应作为都市再生的象征，一直到二十一世纪为止都能够承载人类的记忆，而具有强烈的存在感。

这个象征，绝对不能只是个隶属于经济合理性与集结单纯机能的产物。作为都市门面与第一印象的车站厅舍，不也算是一种私人企业吗？但好像常常都变得毫不相关似的，大多都以成为无个性而均质、到处都有的那种商业设施作为收场。这恐怕也就是一味地追求经济合理性所导致的结果吧。例如历史遗产威尼斯的圣马可广场、巴黎的协和广场这些丰富而精彩的空间，绝对不会是从单纯的经济理论长出来的东西。

这一次的竞赛，我打算在那儿做一个没有框架的，以玻璃为材料，地上高五十八点五米、幅宽二十五点二米的双重门（Gate）。原本京都车站的所在地，就是罗生门的遗址。在巨大的玻璃门之下，是被植物所覆盖的绿色舞台（Green Stage）的开阔延展；穿越庭园的视野可南眺东寺，北边亦能看得到本愿寺。从明治时代以来，因为铁路东海道线的布设，使得都市机能与风景被分割成两半的京都，将因着于现代苏醒的巨大

巴黎卢浮宫

玻璃罗生门,而重新联系结合在一起。

然后,在朝地表的开口部要做成直径一百二十米的大圆,并在那当中置入折钵状的广场。平安神宫的红色鸟居,对当时的人们而言,想必是一个非常巨大的存在。而在这个二十世纪末重新苏醒的罗生门广场,对现代人而言或许这也可能带来巨大震撼。

这个不寻常的大尺度,对现在京都的街景而言,毫无疑问地是一种突兀的异物。实际上,对于这次京都车站的改建一案,从古都景观保护的立场引发了好几次反对运动。然则,站在为了能创造出足以迈向二十一世纪新京都的立场,若只是一味地因循踏袭着古都意象所做出来的建筑,是不可能将那新生气息,吹进停滞已久的京都这个城市的。

我在一九七三年时曾于杂志《都市住宅》里发表了“都市游击性住居”这样的想法。在那里我想传达给大家的讯息是:

“如同在都市中忍辱负重的游击队,采取所有的手段去动摇既成的价值那般,以建筑作为都市填充的异质元素,于所在的现场赋予爆发性的力量,以刺激既存的都市,为都市注入新生的血液与生命……”

这么说来,这个巨大的罗生门,便是“游击队”所能注入的最大异质元素。而且,就因为这个异物的置入作业,在卷入所有事端时产生刺激性的冲突而能促成都市再生的可能与发展。能够活化古老东西并使其复苏的东西,也唯有注入足以代表当代技术的异质元素这个方法才得以胜任吧。

巴黎的卢浮宫美术馆便是个绝佳的例子。建筑最古老的部分可追溯到十六世纪,而那之后又有无数次的增建、扩建,而最新的成果则是这一次的玻璃金字塔。

此外,似乎也只有这个置入异质元素的作业,才能在那里“催生”出各式各样的对话。比如说“新与旧”、“人工与自然”,抑或是“历史与人文”的对话。

京都的确拥有许多值得尊敬的历史。然而那当中却不具有足以孕育都市能量的对话存在。对于被称之为闭锁以及充斥着排他性的京都而言,迫切需要的并不单单只是机能或形式上的象征,而是类似这样子的对话。

如同我在这次京都车站竞赛中所欲表达的那样,自己期

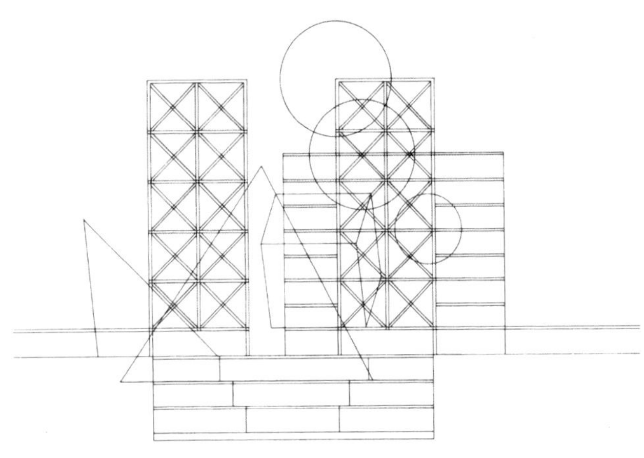

京都车站竞赛（轴测图）

玻璃的双层入口内部为卵形大厅，并配置了三角锥形的玻璃盒子。下面架设了人工底盘，创造出了一个深入地下的直径 120m 的圆形广场及绿色庭院。

望的会是在所有的场所当中置入异质元素，去引起种种事物的对立与冲突的做法，并在各种对话产生的同时，尝试建立起城市的新风貌。

结果我的设计提案在这次的竞赛当中落选了。我的设计不仅大幅超出竞赛中所指定的基地范围，在机能的要求、预算上也都大大超出原本的规划，所以落选也是理所当然的吧。

不过就如同竞赛的要领那样，我认为临时去调整或更改已经决定好的东西并不是我们建筑师的权责。虽然落选了，但因为这一次竞赛所吃到的苦头、发展出来的思考轨迹，却已牢牢地在我心中生根，并持续地萌出新芽。一次又一次的新生，更能驱使我放眼未来，并给予我继续冲刺下去的希望与力量。

17.Berlin

柏林 | 墙壁所包围的城市

我站在勃兰登堡门前，从西柏林悄悄地往东柏林所偷瞄到的风景，仿佛在墙壁的那一边所延伸拓展出来的奇观，是个不可思议而恐怖的世界。那堵冰冷的墙带有一种以个人力量所无法超越的窒息感，同时亦以冷酷的态势一味拒绝人们的靠近。

柏林墙

一九八九年的十一月九日，我恰好在东京某家旅馆的房间里看电视。那一天，使得柏林分裂成东西两部分将近三十个年头的柏林围墙，终于崩颓倒下，成为历史。透过屏幕，活生生地重现那儿被众人亲手破坏的围墙的景象。站在这个曾在二十世纪六十年代，算是东西情势紧张最前线的柏林围墙前，对于它会是这样的结局，倒真的是觉得不可思议且令人意外。

一九六五年第一次到欧洲旅行的时候，我从丹麦的哥本哈根搭船渡往德国汉堡，然后再从那儿搭火车长驱直入柏林。当列车到达国境边界时，有数名国境警备队员坐上了客车。紧张的气氛充斥四周，手上拿着枪、穿着制服的男人们，从乘客的鞋子开始一直到一个个口袋，开始作全身上下彻底的搜查。即使没有做什么坏事也会被莫名其妙地逮捕，在这里似乎也不会感到特别惊讶。那样的紧张感直到现在都无法忘记。

紧接着那样子的体验后，我站在勃兰登堡门前，从西柏林悄悄地往东柏林所偷瞄到的风景，仿佛在墙壁的那一边所延伸拓展出来的奇观，是个不可思议而恐怖的世界。对侧与这边，像是分成两个世界那样，在它们中间筑起一道两相阻隔的水泥墙。那堵冰冷的墙带有一种以个人力量所无法超越的窒息感，同时亦以冷酷的态势一味拒绝人们的靠近。实际上，为了跨越柏林围墙而丧失生命的人已难以计数。而这个事实更被埋葬在这个墙壁灰暗的死亡阴影之下。

当我忆及柏林围墙时，脑海中便浮现了理查德·塞拉(Richard Serra)的作品影像。如果没记错，我应该曾亲眼看过那被展示在纽约曼哈顿市中心广场上的《倾斜之弧》(Tilted Arc)。那空间中划出巨大弧线的铁板，就像是为了抵抗重力，刺穿大地而耸立的样子。

塞拉所做的作品被埋在地表上，这件事之所以可以成立，在于其构造本身的特性。所谓的构造亦即力学原理上的力，而且这个力学的力能达成比萨斜塔那般，好似快要倒下而带有战栗感的那种形式的可能。作为一座雕塑作品的同时，亦强制地给予人某种危机感，并且这与体验者极限的精神状态层层相关。

比如说，在芝加哥市政府前高耸入天的毕加索雕塑作品，卡尔德(Calder)以红色佛朗明哥(鸟的名称)为题的雕刻……

它们的巨大尺度均未成为其败笔。然而,它们却也欠缺赋予人们危机感的企图。关于这一点,塞拉的这个弧形铁桥,应该可以算是艺术史上极为突出和精彩的作品之一吧。

此外,如同塞拉自己所指出的“我所关心的,向来是场所位置与现场的状况”,他的作品通常和其竖立的场所有着不可分离的关系。毕加索和卡尔德的雕塑倒是没有场所选择上的问题。就算在东京出现他们的作品,应该也不会有任何的抗拒吧。然而,就像柏林围墙只能放在柏林,塞拉的作品只要放在某个地方,就会以一种压倒性的力量支配其外围的风景,立即成为那个场域的支配者而展现出君临天下的姿态。柏林围墙也不例外,丝毫没有可以注入人类情感的缝隙。那里所具备的,是身为一个支配者所特有的冷峻与严酷。这一切,恐怕都是来自于塞拉本身的强烈意志吧。一九八九年和塞拉见面时,在其脸上所看到的表情,就和他所造的墙壁一个样,令人觉得他真是一个背负着顽强意志的硬汉。

我在一九八九年,到纽约的艺术中心去听塞拉演讲。那是个只提到了欲传达的内容,简洁而彻底的演讲。结束后,他丝毫不等待观众的掌声，只丢下一句“再见”就随即从讲台上消失了。

要回去前与他一起用餐时，在近看之下感觉他比在台上更透露着锐利的眼光，并使人清楚感受到那股彻底的、属于人类意志的强度。和他谈了大概有三个钟头吧。席间他几乎不曾中断地漫谈着，并以一种惊人的魄力狂放地画了近三十幅素描。最后他将速写作品递给我的时候，果然还是丢下一句“再见”就走了。

那时的谈话内容，主要是有关他在杂志上看到了我的建筑，分析了当中“墙”这个元素的事。他也提到说，来到日本的时候，实地来回参观了我的建筑作品。如果说我的东西能多少给他一点点影响的话，那真的是非常光荣的一件事。只不过我所做的“墙”和他的那种“墙”很显然是完全不一样的东西。

这个不同的地方，或许可以说便是作为“建筑的墙”与作为“纯雕塑的墙”之间所存在的差异吧。建筑因为墙的围塑而得以获得空间，借由“围塑”得以区分建筑的“表里”，并赋予外侧攻击性、内侧防御性的强大力量。然而，我所做的墙也因

水之教堂

为同时接纳了自然，并温柔地包覆着人们的心情与渴望，因而受到肯定。

这或许听来有点抽象，那么我来举个具体的例子。我在北海道的夕张山脉中的某处盖了一栋“水之教堂”。教堂就被盖在水上，周围以高约三公尺的混凝土墙将它围起来。墙壁将建筑的内外阻断，来这里的访客首先就无法看见内侧的水流，不过倒是可以沿着墙壁，顺着引导的路走，并一边倾听潺潺水流声。因为有这道墙，对于未能见到的墙壁内部可以驰骋自己的想象，使得内心的期待更得以发酵膨胀。在这里，人们因为墙壁而被拒绝的想象，反倒是被这道墙给净化了。

此外，“住吉的长屋”也是为墙壁所包被。从外面看来，对于什么都不知道的人来说，这道连一扇窗户都没有的墙，可能相当诡异吧。然而，就如同代表着带有以墙围塑出中庭的那个形态的街屋建筑那样，对于在那周遭附近居住的人们而言，墙的存在也就意味着其内侧有中庭的存在。

从古时候就一直生活在住吉这个地区的人们，对于“墙的另一端就会是有个中庭的吧”是司空见惯的事。所以“住吉的长屋”若不在这个地方，就没法子盖得出来。而对于渴望墙的另一侧会有中庭存在的人们而言，墙倒也是可以被接纳的一种元素。像塞拉那种一味地排拒人们接近的墙我是做不来的。那或许是我这个人并没有他那种可以贯彻到底的顽强个性吧。不过，就算我做的建筑之墙企图去拒绝人们的意志，我同时也会想把那份想法给包覆起来。那必须是拥有强烈的狂暴倾向，同时也拥有可以优雅地沉静下来的那种性格的墙壁才行。

这样的想法，与冷峻、彻底排斥人类而持续屹立的柏林围墙，以及凯斯·哈宁（Keith Haring）直接面对人类情绪的想法，可以说是极为相似的。

记得是一九八八年夏天，一个风很强的日子里，不知是第几次造访柏林的我，和单手拿着笔、自己一个人在柏林围墙上持续画着壁画的哈宁相遇。即使这几乎是一项不可能的任务，但为了使这个行为的成果能凌驾柏林围墙，以达成一种艺术的表现，他仍旧在西侧的墙上尽全力地覆盖上他的笔迹。

我怀抱着瞻仰艺术之哀怨容颜的心情，和哈宁谈了两三

塞拉作品 —— 倾斜之弧

句,并交换了一些心得,便与他道别了。不过就算是短短的相逢,那份作为一个艺术家,非得找到能作为下一个时代、朝向下一个世界迈进,以及下一种崭新表现手法的热情,却能在那一瞬间感到彼此的心灵相通。虽说是随风而逝,但在告别之际从他口中所说出的那句"再见"的残响,却和塞拉所说的完全不同。那似乎洋溢着一股可以温柔抱住人们的包容气氛。

在一九九〇年一月与世长辞的哈宁眼里,取代了他而为众多的人手所摧毁、破坏的柏林围墙容貌,会是什么样的景象?

然后,以柏林围墙为先驱,在同年的三月,位于曼哈顿联合广场的塞拉的墙也相继被拆除。这个题为《倾斜之弧》,倾斜三十度角、重达七十三吨的巨大壁体,透过市民运动而将它从那个风景中给移除了。那不仅成为一段让人们知道塞拉的墙壁是多么深刻地牵动着人们的思考与心情的"插曲",同时也显示这种只是冷酷地排拒人群、仅仅拥有支配性意识形态的墙壁,终究只能走上毁灭。

18.Athens

雅典 | 纯粹理性的宇宙

比方说，存在于宇宙里所有的东西，几乎全部是有机曲线所形成的。在人类表达意志之际，才初次有了直线的出现。

当我下定决心要成为一个建筑师后，无论如何都想去看看、亲身去体验的，就是希腊的帕特农（Parthenon）神庙。

对于能够住在一个沿着地形向度自由增殖成形的聚落（例如，地中海的米克诺斯岛及圣特里尼岛）里的希腊人而言，这个被盖出来的、具有完美比例的古代神殿应该是连他们自己都会惊叹的吧。而从“建筑即是成就一个完整的世界”这个意义上来说，我觉得帕特农神庙已实现了这种具有纯粹理想形式的建筑。

在柏拉图与毕达哥拉斯这些哲人们以几何学探究世界理想秩序的那个时代，建筑并不单单只是建筑，其中也蕴含了数学与哲学的各种思想。也可以说他们这些哲人们想象中的理想世界，即在帕特农神庙中得到实现。聚点成线、集线成面、组面以成方体，终于立方体而以球体至收敛。能够在这种“数”的秩序中发现这种完全的形态，感触到美的存在，并且在思想中刻画出理想世界形象的，也唯有人类的理性吧。由于建筑是人类理性的恩赐，所以总含有几何学的成分在。而这个理性的几何学当中所能表达出最纯粹的形貌，便是帕特农神庙。

帕特农神庙

因此，再次从某位老绅士的口中听到帕特农神庙这个名字时，我多少有点惊讶。这位老绅士，是普利策财团的普利策（Joseph Pulitzer）先生。因为某些原因，在一九九一年的五月，我被他召唤到他位于圣路易的自宅。他按照季节的不同更换其居住的地点，我被叫去的那一栋好像是他春季住的。他同时也是一位知名的现代美术收藏家。圣路易自宅的墙壁上挂有莫奈（Monet）的《睡莲》，庭院中，则毫不做作地到处摆着罗丹（Rodin）与米罗（Miro）的作品。然后在罗丹与米罗的对面，于广大的草坪上立着理查德·塞拉的铁壁雕塑作品。

他为数众多的收藏似乎有某些部分还出借给美术馆，因此在当时他也带我去了一趟圣路易美术馆。展示的作品是埃尔斯沃思·凯利（Ellsworth Kelly）的作品，也是他的收藏之一。大约高有四公尺吧。在画布上用蓝色涂绘而成，是相当大的一件作品。在观赏凯利的那幅作品时，他看起来很高兴，在我的耳畔对我说：“怎么样？有帕特农神庙的味道吧？”

的确，鉴赏一件作品的时候，要怎么看、怎么去解读，那是个人的自由。不过，在凯利这幅平面上所开展的象征性色彩世界里,有人会说“那看起来像帕特农神庙”倒是令我不得不为之惊讶错愕。也许是因为我身为建筑师的缘故,使得他在评论凯利作品时以帕特农神庙来举例说明也不一定。只是,我倒是再怎么样也看不到那幅画里有什么地方像帕特农。对我来说,如果称得上是能够捕捉得到和帕特农神庙相同脉络与神韵的,那该会是密斯·凡·德罗(Mies van der Rohe)在美国伊利诺州计划中所盖的“范斯沃斯宅”(Farnsworth House)一案吧。这栋也可以被视为密斯代表作的住宅,是在完整的正方体中四面都用玻璃材料加以包覆,是个货真价实的玻璃之屋。

虽然从杂志与摄影集上早就熟知这个作品,但在芝加哥美术馆馆长的带领下,实际前往现场拜访“范斯沃斯宅”却已是一九八五年的时候了。密斯的玻璃屋是如同在大森林中破土而出。露台、地板、天花板是直线形的三个平面,以八根铁柱(亦即 I 型钢),使它如同浮在草地上那样支撑着。除了以“核”作为住宅中心的浴室之外,其他如起居室、餐厅、卧室等全都暴露在玻璃之下。要住在这里多少需要些许勇气,但更令人咋舌的,还是密斯本人要让人生活在这种玻璃角柱内的想法吧

（当时住的是德国人，现在则归英国的银行家所有）。这么说来，从人类的居住空间是以穴居开始的这个角度看来，这栋玻璃屋或许算是一个特例吧。那是直到铁、玻璃及混凝土问世的二十世纪之前，谁都无法想象得到的居住空间。人们要能够接纳那样的生活空间，恐怕还有一段很长的路要走。我在那儿似乎看到了极端概念化、与现实世界对立，并且以理性所贯穿的清晰理论。那就像是在草坪上飞舞降临的天鹅一般，优雅地释放出凛冽的气氛与美。那样子的美，究竟来自于什么地方呢？

密斯属于德国建筑师辛克尔（Schinkel）的一派，是新古典主义的艺术家（所谓的新古典主义，是从古典主义的严谨、对于材料的感觉、几何学的正确性以至于材质的共鸣等方面来思考建筑的设计与营造），并加入包豪斯设计学院而广为人知。在接受现代主义洗礼的同时，追求如密斯所说的“以最少手段达成最大效果”之下的结果，便是这个“范斯沃斯宅”了吧。那里头不仅蕴含了几何学的精髓，亦终于达到了秩序、稳定、对称与规律的极致理性价值。在那里可以见到的是，对于追求理想而屹立不倒、坚持到底、孤傲的建筑姿态，与其冷艳、俊美的表情。那就像是在卫城山丘上所建筑出来的帕特农神庙一般,以理性贯穿了全体,而呈现出一个完整宇宙的样子。这个来自于机能独立与完满形态的建筑,展现了一个完全的世界。

比方说,存在于宇宙里所有的东西,几乎全部是有机曲线所形成的。在人类表达意志之际,才初次有了直线的出现。也就是说,帕特农神庙及密斯的玻璃之屋,以及凯利的作品,都是依据人类的理性及意志所成立的东西。而且,那描绘着完全的宇宙所具有的平衡是一种绝对性的东西,而不会存有任何变更的余地。在凯利的作品前普利策先生想对我传达的,或许就是这个讯息:“以一个人的意志与理性所构成的‘完全的宇宙’,在这里面也有喔。”

密斯·凡·德罗作品——德国新国家画廊

路德维希·密斯·凡·德罗(1886—1969年)

生于德国亚琛,过世于美国芝加哥。德国建筑师,亦是著名的现代主义建筑大师之一。

19.Los Angeles

洛杉矶 | 程序性的建筑

对于创作者而言,创作的过程便是他的一切。当创作行为终了后,虽然留下了作品,但创作者本身却什么也不剩。不,应该说只剩下了巨大的虚无感。为了能够逃离这份虚无感,便不得不重新出发,去寻找下一个能让自己倾出更多热情的工作。

“见好就收是非常困难的一件事喔。”野口勇生前曾对我这么说。所谓的“见好就收”,就绘画的观点来谈,就是把笔放下(亦即“收笔”)的那个时间点。或许他想传达的,就是对制造或生产出作品的人而言,所谓的“创造”即在于该过程本身的这个讯息。

所谓的艺术就存在于“剧烈地思考某件东西,然后再将那件物品创造出来的行为过程”当中。做出来的作品只不过是那单纯行为的结果而已。在现代美术的领域中,对于这个观念做了更具体表现的,就属特翁波里(Cy Twombly)了吧。

第一次接触特翁波里的作品,大概是十几年前的事。作者在无意识下(无心)于画布上绘出图样的轨迹,犹如小孩子涂鸦一般。在充满韵律秩序的演奏下,画布全体包着一份和谐的永恒,然则在一笔一画的痕迹间,都可望见一个人在漫步过程中那副毫无防备的陶醉表情。那真的是应该称之为“程序性艺术”。

被这样的特翁波里作品所吸引的我便开始想着,有没有所谓的“程序性建筑”这样的东西存在呢?如果有的话,

华兹塔

恐怕除了西蒙·罗迪阿(Simon Rodia)所盖的华兹塔(Watts Towers)外就没有其他了吧。

从洛杉矶搭车约十五分钟的路程,在住了很多黑人的华兹地区看到了这个不寻常的尖塔,那大概是在一九七四年的时候。在那时的前一年,我去巴塞罗那看施工中的圣家族大教堂,从那个地方的建筑师口中得知了西蒙·罗迪阿的名字。那个人这样对我说:"西蒙·罗迪阿的东西有某些地方比高迪的更有趣喔。"

开车在住宅街区中兜风的时候,由钢骨所组构而成的奇怪尖塔突然现身,大约高有三十米。趋近前去看的话,可发现铁线上涂满了水泥砂浆,并贴上了各式各样形形色色的物件。贝壳、碎陶片与可乐瓶的碎屑等等,以日常生活中废弃物的某个片段进行造型创作的同时,华兹塔便像刺穿洛杉矶的蓝色天空般,高高地耸立着。

令人吃惊的是,这个塔仅仅是由罗迪阿本人的手所做出来的作品。就连高迪也不过就是个设计者而已,整个圣家族的工程仍旧是不得不借由众人之力方得以成就的啊。

是为了什么非要盖出这个塔不可呢？不过，可以肯定的是，它并不是为了要让谁爬上去才建的。人们甚至连塔的内部也进不去。真的是没有委托别人来做的理由啊。无论如何，历经三十三年的岁月，罗迪阿仍是一边工作赚钱，一边把这座塔完成的。

建筑通常会有预算、时间、机能上的要求与限制，并在另一个面向上存有某些意图。然而在罗迪阿的塔这个设计上，那一切却完全不存在。对于出现在这个社会上的建筑物而言，那真的可以说是在一个异样的状态下所诞生的产物。那里所有的，只有这个叫作罗迪阿的男人对于创作所怀抱的执念而已。那是一个灵魂深处所沉潜着的，类似“个人的呐喊”的东西吧。

将这个“个人的呐喊”一味地加以压抑、赶尽杀绝的，就是“现代”（Modern）这个东西。“现代”将每个人的个性加以分散、舍弃、切除，朝着全体的方向迈进而成立。在这个应该可以称之为现代代名词的超现代都市——洛杉矶里，竟然出现了华兹塔这样的东西，无疑是一个极具象征性的插曲。

曾经做过瓷砖匠人、木工、电镀工等各式各样职业的罗迪阿,是从一九二一年开始施作这个塔的。在没有委托他人的情况之下,在后来的三十三年间,他自己一个人持续地进行那座塔的制作。连脚可以站立的地方都没有设置,大概是自己一边爬到哪里,就做到哪里的吧。由于施作的过程历经一再地变更,令人感到罗迪阿几乎全是照着自己所想的那样持续下去的。

此外,在施作的过程中,罗迪阿也知道自己所设计的东西会有很大的变化。罗迪阿自己也说:“谁也没帮我。而我也没办法拜托别人帮我做点什么。因为连我自己都不知道我自己要做的是什么。”就因为未曾经由他人的手,才更能凸显罗迪阿这个人仅透过自己的肉体所进行的创作表达。虽然每个部分均带有几近狂放的生命力,但华兹塔终究是保有了整体的秩序。那当中历经三十三年的岁月,真实地刻画并记载一个人之创作行为的历程。因而华兹塔更能与“程序性建筑”这个名称相呼应。

创作这件事,本来就是这个样子的吧。我自己也在工作的过程中,不断地更改自己想做的东西。

比如说现在,在淡路岛所盖的水御堂(Water Temple)这

水御堂

个项目就是如此。在施工的过程里变更了当初的设计方案,将天花板上的梁给全部拿掉。但是这么一来,为了这个变更的部分,就不得不去克服其他种种困难。这包括说服业主、图面的修改与更新、重新估算花费总额,以及对于施工者的说明等。

在这个管理性的社会当中,擅自照自己的喜好去变更设计以盖出自己想要的建筑,是需要极大的勇气及劳力的。就算是在不同的时代,能够如此自由奔放、照着自己的想法继续做着那座塔的罗迪阿,想必是非常幸福的一个人吧。

唉,真是令人羡慕啊。

然而那份幸福,也只存在于那段创作的过程当中而已。

一九五四年,罗迪阿将塔完成后,把自己的家和那座塔给抛下,就不晓得到哪儿去了。那样的心情我能够体会。对于创作者而言,创作的过程便是他的一切。当创作行为终了后,虽然留下了作品,但创作者本身却什么也没留下。不,应该说只剩下了巨大的虚无感。为了能够逃离这份虚无感,便不得不重新出发,去寻找下一个能让自己倾出更多热情的工作。

罗迪阿之所以不告而别,可能也是对华兹塔所付出的情

洛杉矶金融区

感,已超出了他本身所能负荷之极限的缘故吧。

若干年后,罗迪阿被发现一个人在旧金山一片田舍里隐秘地生活着。《纽约客》(New Yorker)杂志的记者试着去访问他。"为什么罗迪阿先生要创作出这座塔呢?""为什么才刚完成就要离开呢?"据说,对于这样的问题他完全没有回答。可能连罗迪阿本人也不知道该怎么回答吧。

站在华兹塔前面的时候,我想象着罗迪阿一个人悬吊在洛杉矶的蓝空中艰苦奋斗的样子。这让我觉得,人类这种生物的存在,还真是有趣而不可思议的啊。

20.Cappadocia

卡帕多西亚｜迈向表现之途的恶意

确实，卡帕多西亚的无止尽空间，乃是因为“迫害”这个直接的原因所导致的。然而，对于严苛自然界的无惧与直接面对，在地下建造出“都市”这个计划的人们所曾经历的手足无措，却让我有某种难以言喻的感动。

所谓的“表现”这件事，经常会是恶意的行为。若将建筑也视为某种表现，那么在那当中，果然还是会存在着某种意念，期待能够超越一般常识所能理解的企图。或许这个时候的建筑，才更为刺激而有趣的吧。

建筑本来应该是善意的累积与结合而被期待的，那意味着充实所要求的机能、在预算之内好好地规划、在预定时间内完成、易居而实用。那是在现实社会中彼此妥协而达到的一个平衡点，而实际上也带有和谐的表现在其中。走在街上一看的话，到处都充满了这些所谓的“善意”的建筑。

然而，究竟在那样的“善意”里，是否栖息着“表现”的元素呢？在那个预先被设想、安排的调和氛围中，会有那种足以动摇人类精神的力量在吗？对于现实状况提供适当的解答，到底会不会是建筑师的工作与责任？

这样的疑问一直反复地在我的脑海中浮现、消失。然后，我发觉自己与其去当一个所谓的“善意”的建筑师，我还是比较想要成为一个“恶意”的建筑师。比如，像弗雷德里克·凯斯勒（Frederick Kiesler）那个样子。

知道凯斯勒这个人，已经是相当久以前的事了。我想应该是从山口胜弘先生那儿听到的吧。凯斯勒曾一度加入风格派运动，和马克斯·恩斯特（Max Ernst）、米罗、杜尚等超现实主义者之间的往来也都广为人知。他在生涯中所一贯主张的"生命的建筑"，的确是方才所提到的"恶意的建筑"。

凯斯勒所说"在建筑范畴里的机能主义建筑已死了！"的这句话，是他企图从包豪斯所代表的现代主义那套以机能引导形式的基准与价值里，将建筑解放到与现实环境完全迥异的位置上的一种宣言。作为这个宣言出发点的，应该可说是他于一九二三年所做的剧场设计"无止境"（Endless）吧。

凯斯勒这个"无止境"的剧场，和所谓的由柱、梁构造来支撑天花板与楼板的建筑大相径庭，而采用一种类似蛋壳的构造。也就是说，将一直以来的建筑构造所支撑的元素与被支持的元素之间的关系加以彻底瓦解（力是由外壁面的哪里来固定、制约并加以支撑的细微理论我并不清楚），使得力传导的路径分散而创造出全体的流动感。虽然作为球形可以达到一种因完整流动所呈现的安定均衡感，但一个卵形所拥有的那股动力之流，却会是永不停止而频繁来回跃动着的状态。

“无止境”剧场的卵形外观所拥有的内部空间为复数的楼层。楼层之间以螺旋梯与电梯联系在一起。观众与演员经常在移动的同时，宛如置身于一个永久性装置的“无止境”剧场空间中，持续着移动的情境。

那并不是一个作为一般剧场机能的替代品。当然，在现实世界中所谓的“无止境”这样的空间也不可能存在。不过，也无关可不可能，事实上凯斯勒做出这个超越剧场机能、构造、技术之可能性的“无止境”剧场所抱持的态度和想法，对于社会或他人而言，我看除了是“恶搞”之外，其他什么都不是。

凯斯勒是这么说的：

“让一栋以人类全体之存在为本的不可思议建筑和现实世界产生一种对峙的局面。”

如此一来，这个“恶意”的建筑在这“恶意”之上，并未对现实世界有任何的积极性贡献。可以说它只是超越了现实、处于一个“超现实”坐标上的存在而已。

在那之后虽然凯斯勒继续带着那个无终止空间的想法，

若无其事地发表,但这个卵形的形态则无止境地、持续地改变其呈现的面貌。

在纽约当代美术馆的委托下,他于一九五八年所制作的图面及模型,从当初单纯的卵形变成了有机的"茧"的形态。那令人联想到将内部的蛹给取出来所剩下的、被脱掉的壳。

这个没有止境的空间达到了既无开始、亦无结束的"黑洞"境界。如果说有什么善意是以人类的目的作为出发点的话,那么那儿可说是个连善意的碎片都没有的地方。并没有什么善意是以人为本或与生俱来的,有的只是身为一个人恶搞的心机与坏主意而已。

在这同时,这个没有终止的黑洞,让我想起了土耳其卡帕多西亚地区(Cappadocia)的那些洞穴中的住宅。

到卡帕多西亚地区去探访,是一九七五年的时候吧。安卡拉东南约二百三十公里、平均标高超过一百米的安那托利亚高原(Anatolia),在这儿,有这个世界所想象不到的风景辽阔广布着。

在红褐色的大地上,有许多飞进凸起的奇岩,是个全都被强烈的太阳光所灼热照射着的不毛之地。那看起来仿佛是人类灵魂在嚎叫般的象征。在这片连续的坚硬自然岩石肌理当中，有无数的洞穴被挖掘，主要是在中世纪所造的洞窟住宅。那大约是从公元四世纪开始建造，之后遭伊斯兰教教徒镇压逃走的基督徒为了藏身于地底中，便居住在这里面。

在坚硬岩盘当中挖掘了很多的单人通路，并在地底中纵横无阻地扩展开，成为一个犹如迷宫的复杂地下都市。从一条通路进入的那个洞穴接着分成两条岔路，甚至是三条、四条岔路，并与别的入口相连。越往里面走就变得越加分歧而复杂，而往地下深入的姿态，就如同被追逐的人们所感受的恐惧感。

在这个往地下深入所组成的空间里，令人觉得那儿回响着人类体内魂魄的呼叫声，并持续迈向那个没有目标、迷宫般不知道来自何处的空虚与恐惧。那是在自然的地形里人类所做出来的，没有结束、没有尽头的空间。

确实，卡帕多西亚的无止尽空间，乃是因为“迫害”这个直接的原因所导致的。然而，对于严苛自然界的无惧与直接面对，在地下建造出“都市”这个计划的人们所曾经历的手足无

石窟教堂

措，却让我有某种难以言喻的感动。

那和我对凯斯勒的空间所抱有的感情，不知道为什么地感到相当接近。那也许会是对于人类强烈的意志所抒发的，一种敬畏的感念。

凯斯勒是否知道卡帕多西亚的存在，这一点我并不清楚。然而凯斯勒了解这份人类所拥有的强韧意志，能够使“表现”这件事远远超越日常性价值，而到达地平线的彼端这一点，却是毫无疑问的。

21.Tokyo

东京｜虚与实的狭缝之间

这么说来，在虚与实的狭缝中所动摇的、属于东京之“虚”的世界里，亦即人们的想法，或说是梦境的那个范畴，可能就是仓俣先生一直以来所注视着的那个部分吧。

弗兰克·劳埃德·赖特（1867—1959年）

美国建筑师、室内设计师、作家、教育家。赖特是二十世纪上半叶最有影响的建筑师之一，设计了超过1000个建筑设计，完成了其中约500栋建筑。赖特相信建筑的设计应该达到人类与环境之间的和谐，一套他称之为"有机建筑"的哲学。

一九六五年，弗兰克·赖特（Frank Wright）的帝国饭店被解体并拆除了。对于在二十世纪五十年代末，体验了赖特那令人目眩神迷的空间的我而言，这最后的结果倒是令我非常意外。这蕴藏于东京、促使世界文化遗产忽然消逝无踪的毁灭性能量，着实令人失望而沮丧。大概是从那时候起，东京成了一个任何事物都是混杂无序的共同存在、日复一日变化无穷的都市。

在木造街屋旁兴建混凝土办公大楼、在路边摊前面有超现代化的高楼大厦并列林立，犹如置身在玩具箱中的感觉。对初次来到东京的人来说，也只得瞠目结舌、无言以对地成为视觉的俘虏，最后落得身心俱疲的局面。

以纽约、巴黎、柏林、罗马这些世界性的都市为例，虽然看起来都是呈现自由的发展样貌，但在其深处却散发着某种宗教性与伦理观的价值所支持着的气味。实际上是有着整体性秩序的存在。因而这些都市没有历史与传统断裂的遗憾,而经常是连绵不断地承接过去,并朝向未来。

相对地,支持着东京的绝对不是“自由”这个意识形态。在露骨地剥离了个人欲望的同时,东京究竟该往什么方向来前进谁也不知道。于第二次世界大战时,因为焦土化而造成在实质记忆上断裂的东京,变成了看不见未来与前景的不连续性都市。不过,这也没有能将早已根植在人们心中之历史与传统给简单抹杀掉的道理,甚至到现在也都悄悄地与人们的想法相连。在这个地方,有着身为大都市之东京的矛盾所在。那是和从过去迈向未来的人们观点与价值分裂,往每个方向不断发散增殖的都市现实景况。

在那样的虚与实之狭缝间喘息的东京,其中的矛盾开始膨胀,并且变得历历可数,果然还是从一九六五年那个时候开始的吧。和仓俣史朗的相遇,大概也是在那时候。和他初次见面的地方,是当初三岛由纪夫和滨野安宏经常出入,位于赤阪的一家叫作“Mugan”的迪斯科舞厅。好像是通过谁介绍的吧,

赖特所设计的流水别墅（1935年），曾被称为“美国史上最伟大的建筑物”。

从那时候开始，我就和他变得相当亲近。在我去东京的时候，仓俣先生曾带我去新宿二丁目的“卡萨杜尔俱乐部”与乃木坂的“贾德”（Judd）。

那两家的内部装修都是由仓俣先生经手的。例如位于地下的“卡萨杜尔”，必须从一栋暗暗的建筑物的楼梯走下去。将门打开进入之后，仿佛被什么不可思议的感觉所捕捉似的，至今令我记忆犹新。店里的墙壁上是高松次郎所画的人影，没有人的时候，店里仅有“人影”在那儿摇动着。然后，仔细一看，才发现高松次郎本人就如隐形般地坐在那影子当中。那是宛如被一种存在于现实与虚构的狭缝中的迷惘错觉给袭击的感受。

另一方面，“贾德”这家店里则是一片昏暗漆黑。墙上周围被架上不锈钢管，在那儿的塑料家具被照明设备给照得好像浮游起来了似的。这个非常知性又诗意的空间，似乎是经过内部的缜密计算，实际上已超越了原来的设计，给人仿佛可以悄悄瞧见相对于现实世界彼端所存在的，另一个世界的感觉。

当时，仓俣先生对唐纳·贾德（Donald Judd）的作品有着相当大的共鸣。所以“贾德”这家店名的由来，便来自于他的名字吧。仓俣先生评贾德的作品说:“那是将眼睛闭起来后,会闪闪发光的作品喔。”那时候我觉得他讲的也未免太不可思议了吧。

在芝加哥美术馆的庭院看到贾德的作品,是在听了仓俣先生的评论后不久。那和既有的感伤性格的纪念碑式雕刻完全不同。在单一形态的反复之下所构成的这个作品,在某种意义上是冷峻的、观念性的。部分与全体,以及作品和周遭环境所产生的紧张关系,令人一目了然。那当中好似听得到对于权威、权力以及绝对性的赞美声。不过就算是这样,对于那个仅仅以不锈钢所做出的箱子般的贾德的作品,说真的当时我还真是看不懂。那时就算是闭上了眼睛,我也没有感到发出闪亮的光芒啊。

现在想起来,仓俣先生所说的闪闪发光的那句话,大概指的是“活着”这个意思吧。仓俣先生和贾德同样都喜欢使用不锈钢及铝等冷酷而无机的材料。不过仓俣先生的东西倒是没有像贾德的作品那么具有权威性、慑人与压倒性力量的倾向,反而在那个作业的程序中,赋予了作品令人感到温暖而有机的生命鼓动。

比如说，不锈钢椅脚因为纤细而显得脆弱、铝质墙壁将其削到无限薄的程度、塑料棚架的软弱扭曲、桌子上的玻璃似乎碎裂掉了一般的模样等等。仓俣先生的这种风格，通常会引用令人无法想象的素材与形态，给人在作品的相对面向上，去接受那种人们可能产生的暧昧氛围。他就是会散发出这样的温柔与体贴。

那可能是来自于仓俣先生那个人的温柔当中，所带有的特质吧。实际上，仓俣先生是非常体贴的人，他将网格（Mesh）的椅子和玻璃的椅子等这些自己的作品，都极其大方地送给我。现在，我的房间也大量地用仓俣先生的作品装饰着。

特别是他的晚年作品——那张透明亚克力镶有蔷薇花纹的椅子，是仓俣先生送给我的最后一件东西。看到那张椅子时，我联想到了那犹如镂刻在棺木上的蔷薇花，这多少是一些不祥的预感。遗憾的是，预感真的应验。不久之后，我接到了仓俣先生与世长辞的消息。

那一天，一九九一年二月一日夜里十一点半左右吧。刚好仓俣先生踏上黄泉之路的时候，蹊跷的是我正好待在仓俣先生所设计的那家位于乃木坂 OXY 的吧里。似乎那也是在三宅一生与东大的地球物理学者松井孝典先生发表“很遗憾的，仓俣先生的设计，目前的确无法接受”这一类谈话的时刻，仓俣先生匆匆地结束了他的一生。

这么说来，在虚与实的狭缝中所动摇的、属于东京之“虚”的世界里，亦即人们的想法，或说是梦境的那个范畴，可能就是仓俣先生一直以来所注视着的那个部分吧。

现在例如所有的东西正以一种可怕的速度在消失，若过一百年后再回来看东京，实质的世界，即物理性存在的那个部分应该是所剩无几的吧。相对地，在虚的世界发出光辉的那部分，则被永远的生命所“制约”而维持下来。我的建筑，究竟在一百年后，是否能继承这样的想法呢？

就算仓俣先生的作品在物理层次上的实质形体消失了，也不会在人们的记忆中风化，而是能一直不断地绽放着光芒的吧。如那被镶在亚克力中，永远鲜活长存而不会消失的蔷薇那样。

22.Basel

巴塞尔｜静与动的对决

如果说我的建筑乃是根植于日本传统的“静”的建筑的话，也许盖里的建筑就该称之为属于美国的“动”的建筑吧。现代建筑是要往盖里的那个“动”的方向走呢，还是要朝向我的“静”的这一边迈进？还是会往完全不同，甚至是想象不到的方向去呢？知道答案的，也唯有时间吧。

自现代主义风行以来，多数的建筑家都以合理而进步的现代主义价值观，亦即其认定的技术与机能为基准，去进行建筑的营造。也就是说，几乎所有的现代建筑都带着由技术与机能所引导出来的形式。但在现代主义成长的同时，却也造成建筑的平庸化，以及建筑原本所孕育出之生命力的衰退。

然而有一位建筑师却逆这股潮流而行。那是将现代美术尽数消化吸收，进行建筑创作的美国建筑师弗兰克·盖里（Frank Gehry）。杜尚以降，现代美术将到那为止的艺术构造，从根部彻底翻覆、扩张，并开创了全新的领域。甚至连建筑师自己也涉入其中，可见盖里似乎想在里头重新找到，并取得那股已随时间之流衰退、于初期现代主义中所拥有的爆发性力量。我对于自己所做的建筑也抱有类似的憧憬，不过在方向上却略有不同。

在瑞士，与德、法国境交接之处，有个叫作巴塞尔（Basel）的城镇。开车约一小时的地方有鲁道夫·辛德勒（Rudolf Schindler）的作品，再多走一个半小时的话则可以到达位于廊香的山丘上、柯布西埃所设计的教堂。这里应该可以称之为拥有现代建筑里程碑的街区。

这个地方，有一个只制造经过严格挑选的家具的制造商，叫作维特拉（Vitra）公司。我接受该公司社长罗夫·费布（Rolf Fehlbaum）先生的邀请前往基地参观，是一九八九年春天的事。

基地位于莱茵河所流过的一处山谷，外围满布着野生的樱桃，是一个丰郁翠绿的美丽场所。如果说有什么可以挑剔的小缺点的话，也只是不得不带着护照，越过德国的边境才能到达这里吧。在后面的现代工厂预定地里，是美国当代艺术家欧登柏格（Claes Oldenburg）的巨大雕塑，在绿色的草坪上安心地竖立着，高度约有七至八公尺。这个欧登柏格巨大的钳子与铁锤造型的作品，是费布先生送给前社长父亲的七十岁生日礼物。这一次在这个欧登柏格作品的旁边，是费布先生想送给自己的五十岁礼物，希望我能够帮他盖一栋接待所（Guest House）。

建筑并不是只靠建筑师一个人就能够做得出来的东西。为了在这个世界上生产出好的建筑，不得不筹措好各式各样的条件。有一项绝对不能忘记的条件是“业主的存在”。比如

说，若没有富商盖尔这位支持者的热情，就不会有高迪的盖尔公园这个杰作的出现；而古根汉美术馆若没有那个与赖特拥有共同的梦想并具有感动力的古根汉先生的话，也是不可能完成的。这些都例证了业主是建筑师的共同作业者。

费布先生不仅拥有经营上已达世界级水平的家具公司之经济实力，而且也具备理解欧登柏格雕刻美学之素养。我能够和这样的业主相遇、相知、相惜，只能说实在是非常幸运。另外，由于建筑和周边环境条件是一个不可分离的共同存在，必定有应该加入的必要元素与触媒，以帮助那个地方长出好的建筑。那便是如何使基地本身能够散播出所谓的“创造性刺激”。这一次在巴塞尔的基地上，那个出自欧登柏格之手的轻盈现代雕塑，确实也给予我很多关于创造力上的刺激与启发。

另外一个让我无论如何都想在这个地方进行建筑创作的原因则是紧邻那雕塑作品后面，存在着一栋不可思议而奇妙的白色建筑。

那是在我要盖的建筑对侧，有一座刚好挟着欧登柏格雕塑作品的美术馆。美术馆里展示着格里特·里特维尔德、阿尔

◀ 马塞尔·杜尚（1887—1968 年）

二十世纪实验艺术的先行者，被誉为“现代艺术的守护神”。他是一位法国艺术家，对于第二次世界大战前的西方艺术有着重要的影响，是达达主义及超现实主义的代表人物之一。

瓦·阿尔托、密斯·凡·德罗等人，从世界中精心挑选汇集的数量庞大的椅子，成为世界上唯一只展示椅子的博物馆。

内部所展示的椅子当然美得没话说，但这座犹如巨大雕刻的美术馆，本身也够格称得上是一件优秀作品。那是在曲面上放置一个四角箱，然后又在那上面放上一个曲面的做法。既粗犷，亦令人感到滑稽有趣，因而带有一股不可思议的诱人魅力。站在那栋建筑前面时，我有着被“这建筑物的内部究竟长成什么样子呢？好想进去看看。不，应该说是不能不进去的吧”这样的想法所捉住的感触。这就是弗兰克·盖里所设计的“维特拉设计博物馆”，也有人叫这美术馆为“椅子的教会”。

二十世纪七十年代，位于加州的圣塔蒙尼卡（Santa Monica）的盖里自宅发表的时候，世界上的建筑师无不感到吃惊。那栋房子虽然是以二乘四这个当地（西岸）一般工法的模矩所盖起来的成品，但在那上面到处使用了浪板、铁网、三合板、沥青等日常材料，而且就那样放着，没有好好地装修，有些地方的墙壁还被切割，木构架的部分刻意露出来等等。那宛如将玩具箱给打翻了似的那样热闹，到处被装置了随心所欲、而令人无法想象的空间。这和主张机能的合理性所成立的现代建筑相比,是完全异质性的东西。

现代建筑是让构成建筑的元素如地板、天花板、墙壁、房间、屋顶等等能顺畅地联结,并合乎机能地组合起来。然而盖里的建筑当中,这些建筑要素却是完全无视机能的存在,完全不连续地一一分离断裂着。或许可以把那看成是波普现代美术贴画在三维向度上的展开,类似像样品般的建筑物吧。

大家在仅止于追求机能与效率的当下,都忘了建筑也可以是像美术造型物这回事的时候,盖里的自宅就这样登场了。可能正因为是在这样的时代里,盖里的作品才能引起全世界建筑师的瞩目,并迎接他们的错愕与惊讶吧。

盖里这样的建筑师,到底是怎样崭露头角的呢?若是忽略了美国当代美术的兴盛背景,可能就很难理解和想象的吧。

一九七九年第一次造访盖里自宅的我,看到墙上挂着盖里的作品,强烈地感到盖里也可以算是在现代美术系谱中占有一席之地的艺术家。而出生于加拿大多伦多的他在投志建筑之前,就拥有南加大专攻美术的经历。

将贾斯伯·琼斯（Jasper Jones）、罗伊·里奇滕斯坦（Roy Liechtenstein）、埃尔斯沃斯·凯利（Ellsworth Kelly）以及欧登柏格这些把到目前为止的美术给解体，并加以扩张的现代美术先驱的世界给消化吸收，而成为创作灵感来源的，不就是盖里这个人吗？知道他和法兰克·史特拉（Frank Stella）非常要好，则是在我和他有了交情，偶尔会一同用餐之后的事了。

在美国，这个盖里，特别是从洛杉矶这个城市发迹登上世界的舞台，想必也是极具象征性的一件事。

洛杉矶是个没有传统的都市。它就像是一只蠢动的不明生物将触角往四面伸展，以高速公路覆盖了整个都市，而成为一个完全失控而能量持续涌出、不断变动的存在。洛杉矶以那样的速度永无止境地追求着享乐、尽可能地随心所欲，好比是资本主义的私生子般的一个城市。

自由……对，洛杉矶这个城市，便象征着美国专卖特许的“自由”这个字眼。因为没有传统，所以没有什么根本的东西存在。自由，没有守着的必要。由于没有什么根本的东西，因此在施作什么新东西时，根本不需要任何解释与说明。

因为没有什么该守住的东西，所以对新的东西谁也不会有什么怨言。像这样子“谁都不关心谁，只要自己高兴没什么不可以”的意识形态，就是洛杉矶的象征。连带的，是只要你一通电话，在瞬间就会有车趋向前来。那也是一个因着高速公路网与电话线的发达，而丧失了真实距离感的都市。

对于在大阪、京都、奈良这些历数千年所孕育出的传统市街里长大，甚至是伴着隔壁邻居家长里短长大的我而言，洛杉矶真的是个我无从讨论、判断，且完全异质之都市的存在。

此外，这个出身于洛杉矶的盖里和我，建筑作品的点与角度上也完全不同。我的建筑比较倾向以最低限度的材料与形式去发挥出最大限度的效果。虽然说看起来单纯，但实际上则是想要生产出复杂而具有深度的空间。比方说，我的设计案中常会使用到圆、正方形与立方体等最基本、最低限度的几何形体元素。那是彻底排除暧昧，将所有要素切除、舍弃之后所成立的世界，在色彩方面也是一样。我排除人工的色彩，而重视黑白的世界。我想做的是富有人类与自然色调所组成的空间。

相对地，盖里的建筑则不断追加复杂的形式，不停进行增殖的动作。那本身形成某种暧昧的存在，形式召唤形式、色彩叠合色彩。如果说我的建筑乃是根植于日本传统的“静”的建筑的话，那么盖里的建筑就该称之为属于美国的“动”的建筑。

因此，在费布先生的邀请下我去了巴塞尔，为了在盖里所设计的维特拉家具博物馆（Vitra Design Museum）这个动态的建筑前形成一种对峙的局面，我决定尽可能做出一个压抑性的“静”的建筑。我设计的游客中心将大半部埋在地底下，而成为一个静态的最低限盒子。相对于盖里从剧烈运动中去摇撼人类心情的这栋建筑，我想用四角形的混凝土盒子，悄悄地、静静地去投射出属于人类内在精神层面的部分。

那同时也是在挟着欧登柏格的雕刻作品的相同基地之内，赌上现代建筑未来走向而逐渐展开的，属于两座建筑物之间的对决。将来，现代建筑是要往盖里的那个“动”的方向走呢，还是要朝向我的“静”的这一边迈进？还是会往完全不同，甚至是想象不到的方向去呢？知道答案的，也唯有时间吧。

一九九二年五月，巴塞尔的工程开始动工。

瑞士第三大城市:巴塞尔

23.Gibraltar

直布罗陀 | 位于大地的尽头

我会在直布罗陀海峡的风景中想起以诺的曲子，不单单只是因为喜欢以诺的音乐。更是觉得在那淡淡的旋律深层中所隐藏着的，属于艺术家的不安，被这幅充满杀戮气息的风景所唤醒，而成为影像的声响，如同演奏中的低音那般轻柔地传到我的耳畔。

眼前，海水正以波涛汹涌之势，从大西洋往地中海的方向澎湃奔流着。海水到处滚动、碎化成白色的浪花，将海峡对岸与这一侧清楚地分离开来。虽说只是一个港都，但是休达（Ceuta，位于非洲大陆西班牙的领土内）的荒凉景色却将人的心情一笔勾销。

在这个宽约二三十公里，使得两块大陆分离的地方所看见的幻影，是因为炽热的空气所形成，映照出的欧洲大陆海市蜃楼，缓缓地飘浮在空中。这让我仿佛来到了大地的尽头。自塞维利亚渡海，然后从非洲大陆远眺的直布罗陀海峡，弥漫着一股在东、西方都很少出现的肃杀之气与严峻氛围。那实在是个不可思议的风景。

站立在那超然的、自然环境的纯粹中，我的脑海中不知不觉地反复着相同的音乐旋律，并响起相同的节奏。曲名并不记得，大概是布莱恩·以诺（Brian Eno）的作品，是一首既耽美又漫长、不断反复演奏着相同乐句的曲子。

说起一直反复着相同乐句的音乐的话，那么艾瑞克·萨蒂（Erik Satie）的《苦恼》（Vexations）也是这样。萨蒂在乐谱里的一个小节就可以反复演奏八百四十次。一九六二年，在纽约的口袋剧场（Pocket Theater），约翰·凯奇（John Cage）照着萨蒂的乐谱那样，据说演奏了将近十八小时之久（听众几乎都感到乏味而提早离席）。被称之为“环境音乐”（Ambient Music）的以诺的作品，或许也可以算在这种实验音乐的系谱里吧。

正因为对“叙事性的东西”在视觉与听觉上的差异，这个反复的魔术令人觉得和观念艺术的方法论相当接近。比如说，安迪·沃荷不断地绕着帝国大厦所拍出的影像，或者是成为他代表作的“一百个汤罐头”，即是他将这些到处都有、极端日常生活的金宝汤的形象，透过简单排列反复的手法，证明给我们看它们的确是能够超越日常的地平线，而到达一个不可思议的境界。

无论如何，这毕竟凸显了创作者对于过去以来之“表现”的可能性所抱持的不信任感。所谓的古典艺术，可以说就是建立在对于表现手法的信赖基础上，一一累积方使得艺术家的行为得以成立而存在的吧。音乐也好、绘画也好，或者是雕塑

直布罗陀海湾

也好，欲借着反复的手法来开创新世纪的人们，也就不得不产生“与其凭借着单一影像或对象所带有的力量，不如想办法表现出这个东西原来所没有的味道”这样的想法。

我会在直布罗陀海峡的风景中想起以诺的曲子，不单单只是因为喜欢以诺的音乐，更是觉得在那淡淡的旋律深层中所隐藏着的，属于艺术家的不安，被这幅充满杀戮气息的风景所唤醒而成为影像的声响，如同演奏中的低音那般轻柔地传到我的耳畔。

至少，以诺的音乐并没有给人那种想开创出崭新可能性之意图的感觉。宁可说是借着扩展那音乐原本有限的定义范围，促使人去倾听其外围地带才存在的东西的做法；也就是说，只透过听觉是不够的，还需要借由其他的感官方能去体会、知觉到那个难以用言语表达的所在。正因为如此，那时站在直布罗陀那个荒凉景色前的我，脑海中才会响起以诺那样的旋律吧。

此外，以诺的旋律在那时甚至也唤醒了在我记忆底层中，完全沉睡的某部电影的影像。那是年轻孩子们打网球的场景，

但是眼睛中却看不到球。那有点像是为了寻找“网球在哪里呢”,而追着天空奔跑的年轻孩子们这样的画面。无意义的行为在屏幕上不停地反复。这样的光景配上以诺的音乐,不可思议地在我的体内叠合在一起。电影的故事几乎全都忘记了,只记得片名是安东尼奥尼(Michelangelo Antonioni)所拍的*Blow Up*(《春光乍泄》)。那是相当久以前所看过的电影了,许是二十世纪六十年代后吧?那可真是个有趣而美好的年代呢。

那时候曾有过一次这样的体验。虽然细节已经记不得了,不过大致是位于代代木一带的一个剧场里,一柳惠先生要举办一场所谓的“现代音乐会”,我带着半是兴奋半是好奇的心态参加了。与其说是演奏,倒不如称之为在会场里把猪、鸡、狗、猫等全部一起放出来,听各种啼叫、共鸣的活动。我的任务是带一条狗去。现在想起来,也许那也算是一种行动剧的即兴式表演吧。观众来了有四五十人。唯一得到的结论是,自己仍没有能够把现代音乐给搞懂。

我果然还是比较属于视觉型的人吧。哪怕听到的是音乐,我也常会将它转换成颜色与形状来体验那样的意象。因此我

◀ 米开朗基罗·安东尼奥尼(1912—2007年)

意大利现代主义电影导演,也是公认在电影美学上最有影响力的导演之一。其所执导的影片善于表现现代化社会题材,对话简洁,寓深意于画面之中。

从未曾在自己的建筑作品中注入过直接的音乐。不过在进行建筑设计时,以背景音乐来作为意象表达的空间设计手法,在公共建筑当中倒是经常出现。比如说这边放的是莫扎特、那边是维瓦尔第,在空间中充满着漫流而出的背景音乐。

但是我要的不只是单单从耳朵听到音乐而已,而是要让人可以用五官体验到在空间中不同形式的声响。例如,我在冲绳作的“Festival”那栋建筑。我在那儿的外墙使用了开口的砖,因而所有的地方都可以采光通风。光影形成各式各样的形状,在彼此嬉游的同时奏出和谐的气息,风则成为音响,这样便交织成风与光的协奏曲。

另外,在北海道夕张山脉里所盖的“水之教堂”,在建筑物前面做了一个满布浅水的人工池塘。面对着水的大开口全部敞开的话,不只是水的声音,甚至连包含了季节的味道与大自然的气息,也能响遍全场,并吹拂到人们身上任何一个孔隙。我一直深信着,在视觉、触觉,甚至是嗅觉中都拥有得以感知音乐元素的能力。

有幅画叫作《附上日期的绘画》,是河原温先生以年、月、

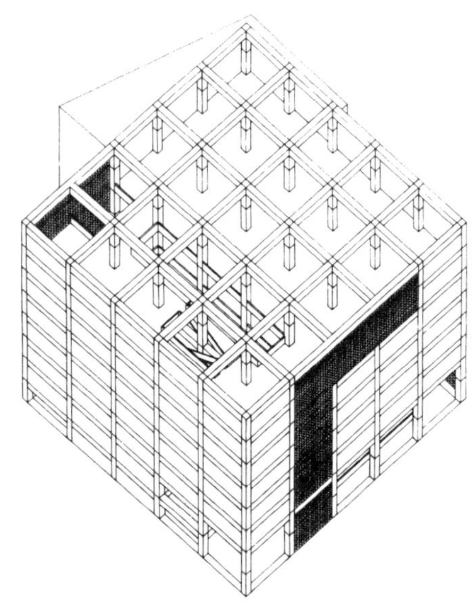

Festival（轴测图）

1984 年完成。建于冲绳那霸市的综合商业设施。使用中空的混凝土区块来构成建筑整体。通过这些中空的洞穴使光与风进入建筑物的内部。

日的记号并列在一起的概念性作品，恰如其分地述说着许多故事。河原温在画布上画下了“April, 6, 1987”这样的日期，那当中封藏住了时间的概念。然后人们就可以从那儿“听闻”到各式各样的味道与声音吧。当然那被听到的声音与闻到的气味因人而异，而且同一个人每一次注视的地方也并不相同。不过那就是之所以自由的地方啊。那比起只是透过视觉传递讯息的现代艺术，不是更丰富而有趣得多了吗？建筑也是这样。

在直布罗陀的风景中，我的脑海里突然浮现出一个想法，就如同以诺的音乐再度唤起二十五年前所看到的电影影像那样，到底我的建筑，在对人们的感官诉说着什么的时候，是否也随带地配送了味道与声响，或者是手的触感呢？

24.Vienna

维也纳 | 曲线的诱惑

正因为如此，在所谓生活之原点的建筑变成了大量消费社会的商品、人们生活日渐无机化的现在，建筑师亦身处在被要求只讲求效率、轻便的建筑潮流时，可万万不能失去力挽狂澜的勇气。

现在是二十世纪末，距二十一世纪来临，还有十年。近年来，日本异常繁荣的假象之外发生的波斯湾战争及泡沫经济崩坏所留下的阴影，使我不自觉地联想到上一个世纪末。从进入一九〇〇年后，到第一次世界大战为止的二十五年间，在恐惧着战争的阴霾一步步靠近的同时，人们只一味地贪图和平与繁荣，法国人称之为“美好时代”—— 一个享乐的年代。

十九世纪中叶以欧洲作为开端，吹起一阵非局限于政治与经济领域的产业风暴，因而引起重大变革。绘画、雕刻、建筑等都包含在里面，各种新造型运动都掀起一阵波澜，例如青年风格派（Jugendstil）、工艺美术运动（Arts & Crafts Movement）、维也纳分离派（Secession），或者是新艺术运动（Art Nouveau）。虽然说名称不尽相同，但就如“分离派”这三个字眼所诠释的那样，它们宣告了与过去的诀别，一个个都是世纪末的新表现运动。

比方说就像新艺术运动那样，采用了会令人想象到植物的有机曲线作为主体的装饰语言，即为当时的崭新潮流的代表。不过当然也有反其道而行的，如维也纳的分离派健将阿道夫·鲁斯(Adolf Loos),他认为“装饰即罪恶”,排斥一切的装饰,一改使用石材、炼瓦(砖)的传统,而开始以铁与混凝土等材料追求纯粹的造型。时代经常作为背景,相反的要素逐渐彼此理解、接受、包容,并在融合的过程中往前流动。

鲁斯展现的姿态,和我面对建筑时所抱持的态度有着相近的味道。从形态上来看,我和鲁斯的建筑也相差不远吧。即便如此,我还是对于新艺术运动中那些作为主体的有机曲线及华丽装饰的样式抱有某种憧憬。

不过说起这样的事,或许有很多人都不能接受吧。实际上我所作的建筑几乎都是看起来极为单纯的几何形态。我和新艺术那种样式并没有那么不合,然而就正因为是彼此相反的东西的缘故,所以才会反而如此地被吸引。和时代一样,人也是一种作为背景的存在吧。

直接体验新艺术,是在一九六八年旅行途中,顺便绕道维也纳去的时候。之所以逗留在维也纳,是为了想看西班牙宫廷画家委拉斯盖兹所画的《玛格利特》,以及在维也纳样式的街道中汉斯·霍莱因(Hans Hollein)所盖的一栋超现代的建筑作品（一九六五年的作品，约五坪的蜡烛屋）。的确霍莱因的建筑有着一般非常先进而锐利的魅力。不过与此同时，我也被和它具有完全相反性格的“玛乔莉卡之屋”这栋建筑的美给深深吸引。

“玛乔莉卡之屋”的立面上到处贴满了合乎新艺术样式的瓷砖，确实地透过匠人的技艺传达了人类存在的讯息。那个花样让我想起自己二十出头时所认识的符合大众品味的“市井”建筑师。

他设计的是大约三十年前于大阪流行的那种墙壁、天花板，以及柱的上面被唐草花纹所淹没的商业建筑。由于我的朋友在他的事务所里工作，所以我得以经常瞧见那个作业的现场。他以一支笔逐次画出复杂唐草的模样几乎可说就像神一样。那毫不间断的手工作业，让我毫不厌烦地一直盯着看。

小时候我常泡在老家附近的木工厂，有样学样地去接触匠人们的工作。虽然我把这件事视为一种游戏，但却也让我亲身体验了匠人们手工艺的意义在于“与其一直沉思，不如先动手去做，反而更有做出好东西的可能”这个道理。而“玛乔莉卡之屋”的花样所表现出的艳丽也就如同是那工匠技艺的再现。之后,我才知道那件作品是出自于古斯塔夫·克里姆特(Gustav Klimt)之手的杰作。

克里姆特是金属手工艺品店老板的儿子。大概因为他从小就看惯在天花板画及壁画上施作镀金细工的父亲的关系,并多少有从事些这方面工作上的协助吧。这个经历并不仅只落入克里姆特的脑袋里而已,而是经过耳濡目染,遍及其身体的每一个角落。

那之后我从维也纳进入比利时,去参访位于布鲁塞尔的“史托格雷宅”。当我伫立于挂在餐厅里的那幅克里姆特的画前,我愈发拥有真实感。我觉得那并不是来自于头脑,而是从匠人的身体上所溢出来的东西。

如克里姆特的画那样,我觉得从每一个人手上所诞生出来的生命力,就是新艺术运动了吧。那是在当时,因为产业革命所伴随的大量生产,对所有人平等地提供均质物品的时代趋势里,毫不犹豫地站出来抵抗的一股“清流”。在比利时、荷兰开花结果的新艺术运动先趋,美术工艺运动的提倡者莫里

塔塞尔饭店

斯（William Morris）于“匠人手工艺的复兴”所叙述的那样，任何时代的大潮流当中都会有着与其抗拒的精神存在，并且从那当中诞生出足以开创下一个新时代的可能性。

正因为如此，在所谓生活之原点的建筑变成了大量消费社会的商品、人们生活日渐无机化的现在，建筑师亦身处在被要求只讲求效率、轻便的建筑潮流时，万万不可失去力挽狂澜的勇气。这是必须在日常生活当中持续地自我反省“自己究竟是带着什么样的观点在生活”，方能培养出来的勇气吧。

然而就算拥有那股勇气，对建筑师而言“现在”也真的不会是个多么有趣的年代。因此我能捕捉到的那份建筑师为了理想，去与这个时代对抗时所流露出的真挚表情与容颜，果然还是只有位于布鲁塞尔的新艺术杰作“塔塞尔饭店”（Hotel Tassel）与“霍塔宅”当中。“塔塞尔饭店”是一八九三年，比利时建筑师霍塔（Victor Horta）所设计的。被称为欧洲最初的新艺术风格的这栋建筑现在已被改成博物馆；而“霍塔宅”则是他的自宅。

一进入建筑物里头，在窗框与门、门把、换气口的盖子，以及楼梯的扶手、柱，这些细部上全都有新艺术独特的有机曲线如常春藤般复杂地交合缠绕着。壁纸上则画着二维的植物花纹。此外，以大理石如马赛克状所铺满的地板上，也画上了状似摇动的水草图案。然后一个个的图样与形式都不只是为装饰所作的装饰，全都具备着自身的机能。这倒是让我颇为惊喜的一件事。

比如说满布于墙壁上的常春藤状铸铁是为了支撑阳台而存在，而阳台则成为玄关的遮蔽等等，是极为合理的安排。而被装饰的则是门把、时钟、换气口盖，以及踏垫等等这些建筑中不可或缺的部分。在有作用的东西上加以装饰，这果然是属于匠人才会有的想象吧。如果是艺术家的话，可能会宁可将机能放在另一个层次上去讨论。

攀登着“塔塞尔饭店”椭圆楼梯的我，看见从天花上落下而注入的光通过彩色玻璃在墙壁及地板上映射出各种不同的颜色，并且感觉到自己被那色彩给包围住。那样的空间体验，如同漫步在空中的花园里那种官能上的享受，同时也是一种生物二话不说便扑到身上来的那种暴力动感。像是人们一个个细胞都带有着生命那样,匠人们用手将生命力注入建筑物的各个部分,宛如每个地方都带着自己的意志与气息般,栩栩如生地诉说着。不管如何,看着一片片的碎大理石,或一个个门把,每个对象都不尽相同。就这样,整体就如同一个完全的生态系,存在于一个被统合而成的动态之流当中。

从过去以来,操作着和新艺术完全相反、看起来极度单纯的几何学空间的我一直在想,在布鲁塞尔所曾体验到的空间张力,还是没办法传递并加注到自己所设计的建筑当中的吧。

然而,自新艺术运动的潮流开始,直到即将迎接第二次世纪末(迎接二十一世纪)的现在,和过去的世纪末在速度上、被消费的精神上及肉体上的能量均有着很大的差距。搞不好我的设计与想法也会落得个无能为力的结果。

克里姆特《生活之树》

25.Venice

威尼斯 | 在水面上的徘徊

只追求明朗、畅快的现代化都市而把像威尼斯那样如迷宫的羊肠小道给切除舍弃掉，整个社会也跟着排除复杂与暧昧之部分的现在，那份真正能够赋予人类生命之深度所必要的矛盾与徘徊正不断地流失中。这么一来，人类的文化与精神得以寄居的隙缝空间，究竟要何去何从呢？

维琴察市

有一次，在巴黎街头漫步的我，突然不自觉地走进一家电影院。这家位于巴黎歌剧院隔壁的电影院当时上映的，是歌舞剧电影《唐璜》。回想起来，那已是一九七九年的事了。这部配莫扎特的歌剧、由乔瑟夫·鲁本监制的电影，创下了当时连续上映半年的纪录。因为这部剧情激烈之歌剧电影的长时间上映（Long Run）而令人得以想象到巴黎之歌剧迷这个社群阶层的“深度”。我因一改印象而惊讶不已。同时，这部电影使我忆起了二十世纪六十年代后半期时，全心全意地为了追求某些理想，而在欧洲流浪的记忆。原因就在于那部电影里的舞台所在地里。

剧中，最后的晚餐的场景在一个宽阔的圆顶空间浩浩荡荡地陆续展开。那的确是会令人过目不忘的空间。我一看到那个画面，马上就知道那是圆厅别墅（Villa Rotonda）。

从威尼斯开车大约需要数小时，是过去作为威尼斯商人们的别墅集聚地，于十六世纪大放异彩的这个叫作维琴察（Vicenza）的城镇。这个城镇的小高丘上，在一个四面八方都可以看得见当地独特而优美的丘陵景观的位置上，盖着圆厅别墅。它是正方形构造,对角线指向东西南北向,带有圆屋顶,可说是一栋在几何形式上达到极致成就的象征性建筑,作为安德烈·帕拉第奥(Andrea Palladio)的一大杰作而具有很高的知名度。帕拉第奥历经了文艺复兴、巴洛克,直到矫饰主义时期,想必是当初对欧洲最有影响力的建筑师之一。

若对矫饰主义的特征加以评论的话,可以说是若无其事地否定文艺复兴式样,然后再添加更复杂、繁琐而暧昧的表现形式在上面吧。比方说,相对于米开朗基罗对古典的完全否定,帕拉第奥则以个人的手法(approach)去调和端正而严格的古典元素。而那便是以立方体为基调,并带有极端严格的几何学色彩。

就如柯布西埃所说的那样,我认为"几何学……乃是从古代埃及以来在建筑的历史当中,支配着思考模式的做法"。这意味着帕拉第奥的建筑与我的建筑有相通之处。只是,相对于帕拉第奥取用的几何学语法是着重在外在形式这个部分,我则是将其内化于形式当中,期许能使几何形体在思考的历程里得以凸显。

二十几岁的我不太可能拥有那么清晰的想法，但是那时候在我“应该看”与“不得不看”的建筑清单上，就有帕拉第奥的作品。而且他的作品都清一色地分布在威尼斯及维琴察。

一九六八年，我初次到达威尼斯时，搭乘贡都拉（小游艇）游览运河，然后就那样直接抵达饭店的大厅。那是对于所到之处均布满着运河——水都威尼斯的初体验。临河边有立面装饰优美的建筑物一列排开，犹如威尼斯著名的假面艺术节庆典那般地将表层美美地覆盖，借由美丽的面具来隐藏其背面的真相。而其内侧所组构而成的巷道，则交织着复杂的都市光影与纹理。宽广的道路突然变得狭窄，在阴暗的小巷道里行走时，突然出现光辉灿烂的广场……如此一般的状况。那仿佛是一座迷宫，因而无法轻易地到达想去的地方。

不过在那里仍有着许多一味地追求着明朗而畅快的现代都市意象所割离舍弃掉、如宝石般被镶嵌而保存着的东西。在和威尼斯同样借水利之便而繁荣的大阪长大的我，因此对于那样的风景有着说不出来的亲切感。

威尼斯也是民主政治最早发达的城市。所谓的面具艺术节，便用面具将庶民的脸给遮住，以直接参与民主政治而享有盛名，在里面漂浮着独立自由的空气。作为天的领土而允许自由商业活动的大阪，其风俗民情也有着相似的景象。譬如现在以地名所留下来的淀屋善兵卫的淀屋桥那样，大阪这城市所有的桥，大多数都是富商们捐献所建的町桥（公共架设的桥则叫作公仪桥），也表现了他们的独立精神。大阪的企业甚至到现在仍具有家族企业的色彩，恐怕也是那样的风气间接影响的吧。

我一边感受着与大阪同样弥漫着自由气息的威尼斯，一边则到处寻觅、探访在这样的气氛里所孕育出的帕拉第奥的众多作品。

其中印象特别深刻的，是威尼斯圣马可广场对岸的救世主教堂，与维琴察的奥林匹克室内剧场（Teatro Olimpico）这个半椭圆形剧场。由于当时日本天正遣欧使节团曾拜访过这个地方的缘故，所以我推测那是威尼斯作为商业都市最繁荣、最发达的时候。

天正遣欧使节团乃是一五八二至一五九〇年，于丰臣秀吉的时代从日本长崎出发，横渡印度洋、经好望角抵欧，谒见罗马王，往各地宗教都市进行巡礼的一个团体。在那当中有伊东马修、千千石米盖尔等四个年纪仅有十二三岁的少年。在他们那感受性最强之年代的眼睛里，这个意大利的风景是怎么样呈现出来的呢？在这个威尼斯的巷子里，又是带着什么样的心情走在其中的呢？对于只知道那如同大地所造的平面式日本建筑的他们而言，这些有如高耸入天的西洋建筑街景，该会觉得是一种压倒性巨大的立体存在吧。再怎么说，花费了数年的时间，搭着不可靠的帆船，辛苦到达这个地方，现在想起来还真是可怕。究竟是用什么样的想法与心情才能完成这样的旅行呢？

一九六五年我花了七十五天，和天正遣欧使节团他们用同样的路线，作逆向的海上漫游。我知道这当然远不及当时他们在肉体上与精神上所受过的苦痛。当我体念到这样的苦难，便对他们的勇气与强韧的信念不禁由衷地佩服。

他们是否能抵达目的地，当时并没有绝对的保证。那无疑是在看不到出口的迷宫中徘徊方能尝到的滋味。不过我还是觉得，就因为在那样的极限状态中所体验而培养出来的精神，是任何东西都难以取代的。这种经验似乎也只有本人才能了解的吧。

这么说来，所谓的旅行，是存在于终于抵达目的地之前为止的这段期间，在那过程中体验困惑与彷徨，才更能凸显其意义也不一定。这么说来，行程若愈加如迷宫般曲折而复杂的话，那么能够得到的收获也就越多的吧。

人生不也就是这个样子吗？只追求明朗、畅快的现代化都市而把像威尼斯那样如迷宫的羊肠小道给切除舍弃掉，整个社会也跟着排除多多少少的复杂与暧昧，那份真正能够赋予人类生命之深度所必要的矛盾与徘徊正不断地流失中。这么一来，人类的文化与精神得以寄居的隙缝空间，究竟要何去何从呢？在满布着运河水路的威尼斯小巷道中徘徊着的我，突然陷入这样的思考中……

26.Istanbul

伊斯坦布尔｜近代建筑的墓碑

望着海峡的西侧所建的小住宅，看起来就像是一个追忆过往、遥望着祖国的建筑师所流露出来的哀愁，并犹如一座苍凉而孤寂的，属于现代建筑的墓碑……

伊斯坦布尔是这个世界上最刺激的都市。大概是历史的深度所造成的吧。拜占庭、君士坦丁堡,然后是伊斯坦布尔,在如此频频更换城市名称的过程中,跨越数个世纪的文化却未曾中断而保存至今。此外,由于这里是以伦敦作为起点,贯穿欧洲之干线道路 E-5 的最终出口,也是东方快车(Oriental Express)的终点站,同时也是丝路的始发点,因此这里可以说是东西方文化接触、交会、融合的最前线。

一九六八年我为了追随米开朗基罗的足迹而在罗马及佛罗伦萨来回寻觅探访途中,结识了一名年轻的大学教授。当时,他不仅身为一家超大型建筑事务所的建筑师,在关于西洋建筑上的知识也非我这个来自于东方、自学建筑、追求理想的青年所能够相提并论的。我在与他交流过程中,得知了在土耳其这个国度曾有过一位与米开朗基罗同时代,且更为出色的建筑师的重大讯息。那便是米玛·锡南(Mimar Sinan)。

从罗马出发,大约七天的时间坐着定期巴士一路摇摇晃晃到达伊斯坦布尔。途中的街景,主要的印象是在起起伏伏的市区里所重叠盖着的伊斯兰教寺院圆屋顶。由于几乎没有街灯，一旦入夜，清真寺(mosque)的屋顶映照着月光，看起来便活像是浮游在黑暗中鼓鼓的蓝白色球体。事实上那是幻想的情境。这个在立方体上加上圆拱的半圆形球体、以明快的几何形体所统一的建筑形态，即是锡南的作品。

与米开朗基罗同时代，即十六世纪的奥斯曼土耳其帝国里，可以说现在存留于伊斯坦布尔的都市景观，全部是锡南的杰作。光是他经手过至今仍保存着的建筑，就有一百三十一栋清真寺、五十所学校、二十一座宗庙等，总计有三百二十九栋以上。我不知终其一生能盖出比这个数目更多建筑的建筑师是否存在？此外，锡南因为是在接近五十岁才成为建筑师的缘故，当盖出被喻为最高杰作的苏雷曼尼亚清真寺(Suleymaniye Mosque in Edirne)时已是八十四岁了。如果说抱着希望、持续朝着未来迈进的状态叫作青春的话，那么他的人生到老年的时候都还可以算是青春期。结局是，虽然锡南在八十几岁才离开人世，我也想仿效他那样，在这个充满生命力与能量的前提下，永远在青春的热情当中不断地奔驰下去。

伊斯坦布尔另一个吸引我的原因，是混杂群聚在有顶盖之大市集(Grand Bazaar,中东的传统市集)中当地居民的生活姿态与方式。排列着有数百间奇怪商店的市集,宛如一座迷宫,店主的叫卖声与人们的交谈声充盈着街道。一个人一旦迷路了,便很难走得出去。即便如此,人们坚强地生活所散发出纷至沓来的气味,不知为什么却深获我的好感。

然而这股充满生命力的喧嚣也有突然静默下来的时候。当静谧的气氛取代眼前的喧闹,并支配了周遭的时候,就会有不知来自何处的古兰经吟诵诗句流泻而出。

既非政治,也非经济,而是宗教的力量使得在我眼前呈现的人潮能够有秩序地一起行动的这个画面,对持无神论者的我来说,实在是太不可思议了。也就在那儿,我感受到了几个世纪以来,宗教影响支配了人们生活的方方面面。这或许,也可以把它看成是一种天国的样貌吧。

沉醉在“天国”里的那期间,我打消了当初预定要去贝尔加蒙(Pergamon)和艾非索斯(Ephesus)的念头,并在伊斯坦布尔待了相当长的一段时间。拜这所赐,我也遇到了不少的好事。

桂离宫

那时有日本人在当地，或许也算是很稀奇的事吧，知道我对建筑有兴趣的饭店员工，特地告诉我有一栋布鲁诺·陶特（Bruno Taut）的自宅就在附近不远的地方。

陶特虽然因为将桂离宫介绍给西方人认识而闻名，但他同时也是柏林包豪斯建筑学院建筑师中的一员，并曾在日本待过一段时间。

德萨（Dessau）的包豪斯学院因为被纳粹镇压而关闭后的一九三三年，陶特离开柏林，从瑞士前往巴黎，之后又辗转流浪于希腊、土耳其、苏联等地，并搭乘西伯利亚铁路到东方，从海参崴（Vladivostok）坐船在敦贺登陆日本。那是他五十三岁的时候。

他在来到日本的第二天，便即刻前往桂离宫，在那里得到很深刻的感动。陶特在他的著作内，将桂离宫与同时代的日光东照宫作了比较，描述了许多精彩的地方。与相对于华丽而充满能量，有时令人觉得矫饰的日光东照宫相比，在桂离宫简朴而收敛的和谐世界里，似乎具现了作为建筑艺术的理想形象。

那当然也会是他追求的现代建筑所拥有的理想形象。包

包豪斯设计学院

豪斯追求在机能上的合理表现、构造的裸露、材料的直接使用以及和自然融为一体的生活空间……这些要素有许多都在桂离宫当中得到实现。

创造并不一定就是否定传统,而是能取传统的优点善加运用,也许是他明白这一点吧。也许是因为看到日本建筑的丰富内涵,而感到西洋建筑的贫弱也不一定。

结果,陶特为了担任高崎工艺所的指导而留在日本。待了三年后,在受到邀请下前往伊斯坦布尔。在当地他设计了国会议事堂及安卡拉大学等教育设施,结果就在他全力以赴地创作了这些作品后,仅仅两年便与世长辞。

如同友人沃尔特·格罗皮乌斯(Walter Gropius)及密斯旅居美国那样,他似乎也曾向往着美国,不过这当然已无从查证了。远渡美国后,密斯在芝加哥以超高层建筑崭露头角;而沃尔特·格罗皮乌斯则在波士顿以名为“哈佛样式”(Havard Style)而在当地定居下来,从建筑教育入手创造出了美国现代主义风格的主流。在美国的现代化当中,他们所做的种种努力,都让包豪斯的思想得以孕育成长。那位与“可视为早就将包豪斯的理想具现的桂离宫”邂逅的陶特,想必也是亟欲将那结晶植入位于东西方交会处狭缝中的伊斯坦布尔吧。

伊斯坦布尔,被博斯普鲁斯海峡一分为二而成东、西两个部分。渡过位于海峡上的卡拉达桥(Galata Bridge)后,不知不觉地可以感受得到气氛的转变。卡拉达桥是一座双层的桥梁,上面是步道与车道,下层则成为商店及船只停泊的码头。

我在那座人群混杂而喧闹的桥上漫步着,从西侧往东侧走时,望见了和海峡交接的斜面上,盖了一栋木造的现代建筑。那是陶特最后设计的自宅。那望着海峡的西侧所建的小住宅,看起来就像是一个追忆过往、遥望着祖国的建筑师所流露出来的哀愁,并犹如一座苍凉而孤寂的,属于现代建筑的墓碑……

27.Russia

俄罗斯 | 红色安魂曲、永远的前卫

对我而言,建筑并不仅止于是艺术的表现,同时也是参与这个社会的一种手段,亦是一种透过自己的建筑去注视社会,自问在社会中应该如何生存下去、类似镜子般的一种装置。因此我摸索着未来的人类应有的姿态与表情而创作建筑。这是从那些以艺术成就了社会革命的俄罗斯前卫派的前辈们之处所见习到的一种生存模式。

所有的一切，都意味着二十世纪是在人类历史当中最具冲击性的世纪之一。看着这几年来于世界所发生的事件，多少便能明白二十世纪是个多么汹涌澎湃的年代。

一九九一年，苏维埃共和国联邦分崩离析，苏联共产党六十九年的历史终告落幕。这个大国的急速消亡，究竟有谁能预测得到呢？在电视上看着在克里姆林宫上飘扬、有着黄金铁锤与镰刀的红色国旗为红蓝白三色相间的俄罗斯国旗所取代时，我不禁回想起了第一次漫步在那个红色广场上的旅程。

一九六五年，海外旅行初次解禁的第二年，我从横滨出发，经由纳霍德卡，至哈巴罗夫斯克（Khabarovsk）搭乘西伯利亚铁路。从列车窗户所能见到的，是一望无际的湿地平原。再怎么走下去，都持续着一样的风景。这条路线直通莫斯科，并且延展到遥远的欧洲大陆。虽然说是理所当然的，但那可真是在岛国日本所无法想象的经验。就算到了现在，虽然我已搭着飞机以点对点所连接的交通方式来往于世界各大都市，但那份朝向一望无际、浩瀚无涯之大陆的移动感，使当时的我发现了“世界”的具体存在，也让面对西方这个世界时而“手足无

克里姆林宫·教堂

措”的我,有了最真实的感触。

好不容易到达西伯利亚铁道的终点、从莫斯科的雅罗斯拉夫尔(Yaroslavl)车站下车时,已是出发一星期之后的事了。在车站,国营旅行社的员工等候游客的到来。从饭店到来往的场所为止,游客全都受到约束。除了限制个人活动的场所外,兼任观察员的导游也随时跟在身边,几乎就是团体性的活动。

不过即便如此,当我在克里姆林宫的东侧广场走着的时候,还是无可避免地被那难以估计的巨大的爆发力所震撼。克里姆林宫的面积据说有七万三千平方米。对于在所有的一切都是群聚而密集的大阪下町长大的我而言,这份广度是一种非常戏剧性的东西。为什么会这么大呢?不论什么都非常巨大。位于旁边,莫斯科最大的古姆(GUM)百货公司也非常地巨大。在三层楼商店街并排的店里,挤满了大量的人群。然后是地铁,深度大概有日本的五倍,连天花板的高度也是日本人的双手难以触到的。这个巨大的尺度,也许便是以多民族所组成的、企图将每一个国民加以一体化的社会主义国家才达得到的成果吧。

然而，在另一方面，对我们这些走在路上的旅客兜售衬衫、美金，频频与我们交谈的俄罗斯人倒有不少。那时口香糖在苏联正畅销，这与拥有核武器、经常出入太空、和美国并称两大超级强国这些事并无任何关系。大概那时是这个巨大的社会主义国家的齿轮，早已慢慢地往疯狂之路运转的时候吧。然而二十世纪并没有让这个世界最大与最早的社会主义国家得以继续生存下去，反倒是消灭了它的踪影。不过这个在一九一七年的十月革命中所开始的社会主义国家，让我在它的开国之初，隐约看见了某种艺术之理想的姿态，倒是个不争的事实。

在苏维埃联邦诞生的初期，即第一次世界大战结束到第二次世界大战的发生前，也就是一九一八年起到一九三九年为止的这段时间，是现代建筑直接面对旧式样建筑，被社会所接受的年代。与荷兰的风格派、意大利的未来派、奥地利的分离派、德国的包豪斯等欧洲新艺术运动交相呼应，作为这一切先驱的，是以莫斯科为中心的前卫派（Russian Avant-Garde）艺术家们。

克里姆林宫·伊凡大帝钟楼

我本身开始接触卡斯穆·马列维基(Kasimir Malevich)的绝对主义(Absolutism)、蒙德里安以及弗拉基米尔·塔特林(Vladimir Tatlin)的构成主义(Constructivism),是在二十岁左右。在调查柯布西埃于俄罗斯的竞赛中入选,但结果却未盖出来的那栋"苏维埃宫殿"时,我碰巧得知曾经有过那样子的活动存在。

我特别对马列维基的《白面上的黑色方形》、《黑色的圆》、《黑色十字架》这一系列的作品与塔特林的第三国际纪念塔有着很深刻的感动。

在以纯粹的几何形体、被彩绘的形态所描绘出来的那个世界中,不仅是以理性、观念与意识形态来控制社会这个毫无办法的生物体,同时也是以人类的手来饲育,并试着去习惯它,刻画着人类顽强而坚韧的意志。

比起任何东西,我觉得那不仅只针对既有艺术,同时在对社会持续发言的这件事情上,都会是艺术与社会相结合的一段蜜月期。那是以艺术作为开路先锋,开创未来、带领社会的年代。

克里姆林宫·红场

塔特林曾说“一九一七年的革命,乃是因为在那之前的艺术所引起的”,马列维基则在其著作中宣称“立体主义与未来主义宣告了一九一七年的革命”。在这里,近代艺术与新的社会政策带有相同的意义。在那之前,艺术并不带有任何的社会意图。

此外,他们这些俄罗斯前卫派艺术家面对社会所表现的姿态,可以说对我在创作建筑的想法上也有相当大的影响。对我而言,建筑并不仅止于是艺术的表现,同时也是参与这个社会的一种手段,亦是一种透过自己的建筑去注视社会,自问在社会中应该如何生存下去、类似镜子般的一种装置。因此我摸索着未来的人类应有的姿态与表情而创作建筑。这是从那些以艺术成就了社会革命的俄罗斯前卫派的前辈们之处所见习到的一种生存模式。

然而,在俄罗斯革命前后诞生的俄罗斯前卫派在一九三○年左右便逐渐衰退凋零了。

当新的事物在对古老社会进行破坏与瓦解的时候,是绝对不得不放弃,并抛掉那些旧东西的。在反传统主义的立场上

克里姆林宫・钟王

否定现实，以解体作为意图的这些俄罗斯前卫派，就如同他们被叫作“前卫”的那样，“前卫”为了可以继续“前卫”下去，是不得不经常去否定现在，并持续地自我解体的。然而，常常不能继续“前卫”下去的，便是社会这个复杂的集合体。

在斯大林体制抬头而形成的恐怖政治当中，前卫派的使命已告终了。也许是发觉了社会和艺术要经常性地往同一个方向持续冲刺的难处吧。不过，就算如此，创造者也是经常丢掉眼前的东西，而只能选择继续往前走下去的生存方式。若当创作者对于“舍弃”这件事有所察觉的话，那么前进的脚步就很可能会停下来。所以不继续走下去不行。

的确，方向或许并不局限在一条直线上。有时会后退、倾斜，也有可能往横的方向流窜。不过只要别将脚步停下来，就必定能和那持续迈进的最终目标联系在一起。也许那就像旅程一样。一旦出发，就注定是一场永不停止、迈向未来的漫游。

28.Marseille

马赛 | 极致的木与石

问题的关键不在于材料的种类。石头也好、木头也好,即便是混凝土,我所希望的是在那个迈向极致境界时,材料、技术与空间所结合而成焦点的那个地方,是能够在瞬间捕捉到人类追求的精神所映照出的美丽表情与姿态。

塞南克修道院

在我二十岁接近尾声时，曾读过一本由费南得·毕尤所著，叫作《粗石》的小说。那是描写十至十二世纪的仿罗马时代，在基督教当中特别重视严格戒律的“西多会”（Cistercians）修道士们，在恶战苦斗后创建了某个教会的故事。

修道士们为了求得建筑基地而到处流浪，最后终于抵达一片沼泽。他们将石头一颗颗累积、堆集，并克服种种困难，在那个地方盖起了教会。对他们而言，这个教会就像是他们自己的家一样。小说中鲜明而生动地描述了那些与修道士一同工作的仿罗马石工，是如何对石头致上敬意，在尊重石头的个性下，创造出了丰富的空间。

南法普罗旺斯一带的郊外，于塞南克（Senanque）所建的西多会修道院，仿佛就像是在《粗石》这部小说当中所登场的教会一样。

初次到访那个教会，是一九六五年的事。

我在马赛日复一日地等待船的出航（那船叫作 MM Line，是往非洲航行的客货两用轮），然而我却一直难以得见船的踪影。在等待的那段时间里，我无数次拜访了现代建筑集合住宅的代表作——柯布西埃盖的马赛公寓，素描成为我每天的功课。虽然说在马赛我真正想看的不是修道院而是这个马赛公寓，但再怎么等下去船偏偏就是不来。因为是客货船，所以在货物没有载得满满当当之前是不会出航的。在等船的这段时间里，我身上所剩的旅费越来越少，回想起那时是在极为严苛的状况下，真的仅是以法国面包与水果腹就度过一天的。

那时，我认识了一位能讲个几句日文的法国人。他用自己的车带我到处游历了那个城市。由于那位亲切的先生知道我对建筑很有兴趣，便带我去看了好几栋仿罗马式样的教会建筑，甚至包括那个从亚普夏（Apchat）出发要花上三个钟头、位于塞南克的修道院，我也有幸参访。

在远离人烟、苍郁的森林里走着，然后在森林出口的地方，有一片可以成为辛香原料的熏衣草原野。意外的是，塞南克的修道院那秘密的身影就在那儿悄悄地出现。外围被凛冽的静谧所支配，而那儿与世俗隔离，令人觉得那儿可真不愧是个能够与神圣的建筑所相互呼应的地方啊。

建筑与基地相互抗衡，达成了一种交互编织成一体的动

马赛公寓

态平衡(dynamism)。过去西多会的修道士为了寻求基地而到处流浪,最后选出来的、作为与神最接近的场所就在眼前。这幅景象使人得以察觉基地里具有一股强烈的、对着人们叙事的力量。基地所拥有的这股能量,虽说猛然一看像是在拒绝人们对该建筑物的进逼与入侵,但相反地却也催化着人们靠近它的欲望。或许是在我的作品中也有几个是借由基地的特性来挑拨人们以产生特殊效果的缘故,因而我才了解那样的情境。

我试着进入那当中。在那里,天花板、地板与墙壁全都是石头。那仿佛是排除了所有的装饰,而贯彻了极简美学价值的空间。堆砌而上的除了被削切过的石头之外,别的什么都没有。生活在这个最低限度中,也是一件令人惊讶的事情。据说在这空间里持续过着这种禁欲生活的西多修道士,大部分人因为受不了这种严峻的生活方式,而在二三十岁便死了。

不过,当法国南部强烈的光线照进这个简约到极点的空间时,描绘出的对比色调之美,还真是个难以言喻的视觉盛宴啊。

从连玻璃都没有的开口部,直接射进来的法国南部的炙热阳光。那光线,使我突然想起小时候在空地用废弃建材搭建类似家的小屋的游戏。我记得曾为这个废材之家加上了没什么用的"顶光装置"。虽说那充其量也不过只是开一个小洞这样的小动作而已,不过穿过玻璃所射进来的光和不经过玻璃而直接射进来的光,真的是完全不一样。只是小孩子的我,即透过自己的眼睛感知了那样的差异。

此外,那射进了这座只以现成削切好、未加工石材所盖的修道院的光线,具有某种因为庄严力道,使得精神得以净化、升华的不可思议的力量。我带着使身体为之紧绷的心情与想法,一个人在修道院里来回地走着,被在那禁欲的石头房间中,自己的鞋子所发出的声响给吓了一跳。我认为这个空间在精神层面上是重要的,但对于肉体的快乐却丝毫不受到考虑与关照。那是一种射进"空的空间"里的光所展现的萧瑟之美,是一种只存在于石头房间里的声响所应有的庄严。因为所有的一切被摒除的缘故,因此,能够存留在那儿的事物便能更加凸显其深度,朝向其本质及原理的方向前进。

换句话说,这个本质与原理或许就是所谓的"神之领域"。我之所以会开始做那种表面是纯粹混凝土,而没有任何装饰的建筑,与其背后隐藏了那份在塞南克时的经历有关。

这个彻底摒除一切、以“单纯化”作为美的意识表征,对我们日本人来说,会是一件耳濡目染而自然深远的事情。书道、水墨画、俳句,或者是书院造建筑都是将无用的装饰给排除,具有质实刚健的形态,而披露出那份潜在的质量。那是在简略化、单纯化的形式当中隐藏着自我表现的技巧。就因为如此,这栋石造建筑的极致作品——塞南克修道院的空间,才能如此地深得我心吧。

如果说塞南克修道院是石造建筑的话,那么在日本可以称之为极致木造建筑的便是伊势神宫。这两者的特征在于都彻底了解材料特性,是在彻底活用材料之下所诞生的。只是,相对于塞南克修道院之基地与自然环境激烈冲突的状况,伊势神宫这一边所有的,则是自然界与建筑温柔地融合在一起而共存共生的景象。

从五十铃川穿过大鸟居进入那个森林的话,在铺满砂砾的参道对面,可以看见伊势神宫的外宫与内宫。我总觉得那儿所展现出的外观与散发的气氛,象征着日本人对于自然的

伊势神宫

想法。

第一次去伊势神宫，是小学毕业旅行的时候吧。虽然不能进入外宫的内部，但因为才迁宫不久，所以我仍旧能清楚而强烈地记得那新木材所散发出的香味。伊势神宫所谓的“式年迁宫”，是每隔二十年在右边与左边的基地重新组装替换的仪式。

这个迁宫仪式从奈良时代一直持续到现在。恐怕这样的建筑，在世界的其他地方是看不到同样的案例了。和随着时空交替转换的自然界一样，神宫也是每二十年便步向死亡，然后再重生变化。在那当中无疑有日本人的精神栖息着。或许这和当时仍然幼小的我，多多少少能理解那儿确实是个相当神圣的场所有关吧。

伊势神宫也彻底排除了矫饰，而带有极端简素而质朴的构造之美。透过桧木来装饰神明，使得在这里最特别而著名的，是木头这材料的存在感。可以说所有的东西都是以木材所还原出来的世界。素材被彻底活用，什么多余的东西都不用添加。这份对于材料之认真的考究，也是构造初期现代建筑时其中之一的目标。我之所以能鲜明地记得在四十年前的木材香气，是因为这个舍弃所有装饰、单纯化之伊势神宫的空间，愈发能将事物的深度更深刻地传达给我的缘故吧。

塞南克修道院的石头也好，伊势神宫的木材也好，我看见了这些被穷究到极致程度的空间是多么的扣人心弦，并撼动着人们的精神。虽然别人认为我很顽固，仍旧执着、逗留在那个只有混凝土建筑形象的世界里，但其实我对建筑所追求的便是那样的心情。问题的关键不在于材料的种类。石头也好、木头也好，即便是混凝土，我所希望的是在迈向极致境界时，材料、技术与空间所结合而成焦点的那个地方，能够在瞬间捕捉到人类追求的精神所映照出的美丽表情与姿态。

29.Kashmir

克什米尔｜依然见不到的乐园

我觉得在那里看到了属于东方“成双成对”的思想象征。阴与阳、生与死、现世与来生，以及皇帝与王妃的心也是成对地存在的这些事情，沙迦罕不就借由泰姬玛哈陵表达出来了吗。

作为一个人呢，就是会有那种很想去，却又偏偏到不了的地方。对我来说，克什米尔就是那样的一个地方。虽然去印度旅行了好几次，但在印度的最北部，与巴基斯坦国境相接的克什米尔高原，不知怎么搞的就是还没办法可以去一探究竟。

第一次的印度之旅是在一九六五年。搭西伯利亚铁路绕了一下欧洲，从马赛乘“MM Line”渡轮经好望角，最后到达孟买。当时这个行程对于向往世界旅行的日本年轻人而言相当热门。最近才得知作家五木宽之也在那一年之后，用了和我相同的路线环游了世界。

对印度初次的印象很深刻。到达孟买时，船一进港靠岸，数量惊人的乞丐便往码头这边蜂拥而上。看起来异常贫穷的孩子们，在我一下船开始行走便将手伸进我的口袋。没有手的老人、脚畸形弯曲的妇人、牵着妹妹的手的单手少年……所有的人都从正面靠近我，并盯着我的眼睛看。若你对其中一人施舍就会没完没了举步维艰。如果说有什么我可以做的，就是尽可能不要看他们，并尽快地离开现场罢了。我在想物质上的贫困会不会是和精神上贫困有所关联呢？但之后从孟买

瓦拉纳西

前往瓦拉纳西(Varanasi)旅行的途中,这个想法渐渐地在我的心中有了改变。

从孟买到瓦拉纳西城为止,搭乘铁路大概要花上三天的时间。有时得坐在列车的车厢顶上。也许你会觉得危险,但当时列车的速度真的相当慢,大约只有时速三十公里。那比起六人坐席上挤满了十二个人的车厢,车厢顶上还是比较凉快舒适的。有了这样的亲身体验后,我总算对印度人生活的真实面貌有所了解。

瓦拉纳西也同样的贫穷、脏乱、喧嚣,并且人满为患。然而在那混杂中,依偎着伟大恒河流域的怀抱,牛、猪、狗、鸟和猫,以及人类就这样生活在一起。牛一副事不关己的样子大大咧咧地睡在马路的正中央,人们则回避着通行。不少人坐在路边,缓缓不绝地彼此交谈,旁边则有瘦骨嶙峋的狗安然地睡着。在那里,人类和动物们和平共存,呈现一幅美好而恬静的景象。虽然在物质上是贫穷的,但该有的却不曾缺少过。

在那里甚至也存在着“死亡”。火葬之后的骨骸就放流到恒河当中。人们在那儿沐浴、刷牙、洗涤食器。人们从河川之流孕育、成长、生存，然后终究得回归到这赤褐色的恒河之流当中。

轮回转生，瓦拉纳西就如同是个可以体会这个实感的圣地。在这里，“死”就存在于日常生活当中。因为“死”就在眼前，所以空气里头更相对地充满了生命的光辉。生与死彼此难分难解地纠缠着，而描绘出了一场大轮回，而且没有任何被单独讨论的余地。

现代都市迈向清洁、优美而洗练的过程中所遗忘的，就是这样子的氛围。因为将“死”当作忌讳而加以排除，附带地连“生”的部分也显得相形失色，而逐渐为人所淡忘。或许人们甚至已经不对生命本身抱有澎湃的热情而大声歌颂了吧。然而我却觉得这份激情与呼喊，正是创作的源头。创作不单单只是从事设计方面的工作，更重要的是在于表现出人类的生命。瓦拉纳西这个地方，即是人们尽情发声，于生命中透露并散发出众神光辉的所在。

如印度人所说的那样，瓦拉纳西的确会是天国的具现。但由于受尘埃所覆盖的剧烈异味与猛烈的暑气困扰，使我的肉体犹如经历地狱般的体验，最后还是无法忍受。仅仅待了三天，我便赶搭下一个船班从瓦拉纳西逃回孟买。那时我初次知道，自己的想法和肉体还是会有不同反应的啊。

再次探访印度，是那次旅行的三年后——一九六八年。那时想着，"这次可要用这双眼睛好好看看泰姬玛哈陵（Taj Mahal）啊"。我和上一次一样，搭西伯利亚铁路到欧洲，但这次则从伊斯坦布尔直接搭定期巴士，经德里（Delhi）长驱直入印度。到德里为止，将近花了半个月的时间。

从伦敦经中东一带直到孟买所通行的巴士，通称为"神奇巴士"（Magic Bus），是大约可以搭载三十个人的公车，在车内可以烹调食物。巴士在途中会有来自各个国家、各式各样的人上车，然后再送他们到想去的地方。白、黑、黄等不同肤色的人们超越了政治、宗教、意识形态的藩篱而聚集在一辆车内，往目的地浩浩荡荡地前进。这令人不禁觉得，那不也在某种意义上，象征着这个时代已实现了一九六八年时人们的理想吗？

一九六八年，是世界上最动荡不安的一年。这一年，美国的越南战争深陷泥沼，马丁·路德·金（Martin Luther King）

牧师被枪击暗杀，布拉格之春则被苏维埃所镇压。巴黎发生五月革命，而日本则是以东大为首的学运（全共斗）更加激烈化。整个世界都渴望着和平、改变与重生。

披头士前往印度，恰好也是在那个时候。我在赤坂的“Mugan”认识的朋友们当中有很多披头士迷，他们只要有机会便会谈起印度这个地方的故事。披头士就是拥有那样的影响力啊。对我来说，他们的音乐虽然像是某种噪音，但劳动阶级出身的他们，为谁而唱所展现出的那种表情与态势使人们动了起来，他们改变了过去的风格，甚至成为一种分裂旧社会的力量，他们超越了本身的歌唱世界，让我见识到了宽广而深刻的东西。

在那个世界随着披头士起舞而改变的年代里，他们的能量的确也穿过了我的身体，并留下了某些痕迹。虽然未曾对他们有过什么心醉神迷，不过当时的我也剪了个香菇头，穿牛仔裤，有时候也会在脖子上戴条有着反战和平符号的项链。也许因为披头士，我便在无意识下，再度被引导回印度的旅途也不一定。

贾木纳河边的泰姬陵

就像披头士那样，那时候对世界的变革充满期盼的人们而言，印度看起来就如同一个理想的国度。在世界崇尚以基督传教为名，但实际上是以武力反复征服他人的西方理论时代里，印度在生活姿态中展现出的是尽管生活贫穷也不喜于杀生、完全地与生物和平共存的情操，令人觉得它宛如是一个新社会的象征。还有就是圣雄甘地（Mohandas Gandhi）所提倡的非暴力、无抵抗的不合作运动，胜利取得印度独立那样，这种非经济、非权力、非暴力的方法也许会有改变这个世界的可能。我抱着那样的想法，再次踏上印度这个神圣的国度。

在忍受了将近三小时的因为列车颠簸所发出的凄厉声响后，终于到达了在德里东南方大约二百公里的阿格拉（Agra）郊外的泰姬玛哈陵。那是第五代的蒙兀儿帝国皇帝沙迦罕（Shah Jahan）为了死去的王妃蒙泰姬玛哈（Mumtaz Mahal），花了二十二年的岁月于十七世纪所完成的陵寝。

那是背对着贾木纳河（Jamuna River）的右岸，在广大的庭园中以白色大理石所雕砌出来的建筑。如同大部分的伊斯兰建筑那样，将具象性割除舍弃，以彻底的几何形与压倒性数量反复编织成对称性的世界，在那儿被逐渐扩展开来。

像陵寝这样的纪念性建筑，按轴线来发展出左右对称的做法并不稀奇，但是泰姬玛哈陵这个对称的构造，可以说已经到了偏执的地步，其建筑物全体都贯彻了这样的意念。到实地去参观后你就可以了解，那种对称性竟然施作于微小的细部，甚至连一片瓷砖上也有所体现。而皇帝本身似乎就是为了要和泰姬玛哈陵对称一样，因而有着在河的对岸用黑色大理石为自己盖了陵墓的传说。

或许是有着这样的故事，我在脑海里不知不觉描绘着那黑色庙宇的形象时，也发觉那个在对岸眺望、注视着泰姬玛哈陵的自己。因为看见了那个想象中的黑色陵寝，而使得自己可以在眼前的白色泰姬玛哈陵看见别的东西。那是白与黑的两栋建筑挟着河川的空气联结在一起的能量，亦是皇帝与王妃彼此心灵上的联系。想象往往可以让人看见超越视觉所存在的东西。

我觉得在那里看到了属于东方“成双成对”的思想象征。阴与阳、生与死、现世与来生，以及皇帝与王妃的心也是成对

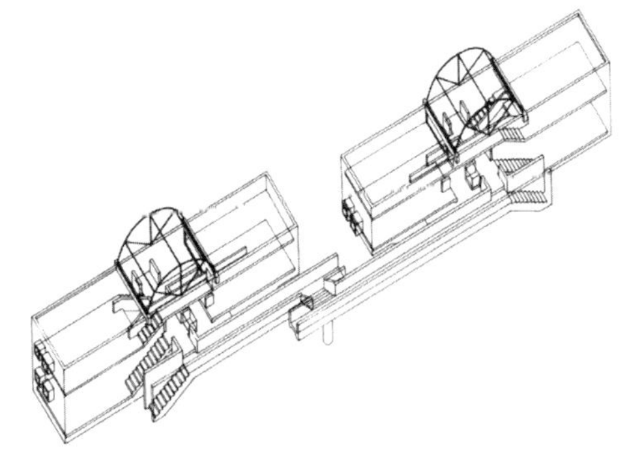

双生观（轴测图）

1975年完成。于阪神之间所建的住宅。同样形式的两栋住宅并列配置并以平台相连接。1982年在这上面增建了一间内外部都以平滑混凝土装修的茶室。

地存在的这些事情，沙迦罕不就借由泰姬玛哈陵表达出来了吗？因为对于这世上的森罗万象都抱着“成对”想法的缘故，所以沙迦罕才会被那所有一切都非得要呈对称的配置的妄想意念所捕捉的吧。只要看过泰姬玛哈陵，真的会因为那份纤细与优美而有感而发。不过倒也觉得似乎是被那潜藏于深层部分、人类对于创作的深度给手足无措地炫耀了一番。

这么说来，我所做的建筑也不可思议地呈现出一种“成对”的形态。比如说“住吉的长屋”的空间挟中庭以对称；“双生观”则是将内侧与表面形成两个“对”的形式。对于创作的人来说，若其成长的过程多少对自己带有某种影响力的话，那么我的建筑之所以总是“成对”，或许是因为我是双胞胎的其中一个的缘故吧。

但是，我所想要的对称与其说是那单纯的形态，倒不如说比较接近所谓“同形异相”这个字眼的意思。想要捕捉的是自然与人、抽象与具象这些彼此相反的东西所成立的“对”。

另外，我想应该也会有所谓时间的对称与声音的对称这些现象的存在吧。和具有彻底贯穿对称性的泰姬玛哈陵所不同的，如桂离宫那般微妙地接合在一起，而具有连续性的日本建筑，本来也是无法看到单纯意味上的所谓“成对”的存在。不过，同时能对映照在水面上的宇治平等院产生出爱与感受性，则是我们日本人所具备的天赋。同样的，我为了创作出在水中映照出的影像与建筑“成对”的效果，能随四季的更迭随时变化的对称世界，而在京都的“TIME’S”与北海道的“水之教堂”都使用了“水”这个元素。在那儿所塑造出的对称世界并非那种要抑制人类情感的绝对与冷酷，而是更温柔地流动着的意境。就算我做出来的建筑总是会呈现成对的样貌，但我仍希望在对称当中，做出一种能将人从那成对的世界里给解放出来的迷宫。

然而，和我所想的并不一样。沙迦罕所坚持的对称是彻底的。沙迦罕的一切都是“成双成对”的。或许他会觉得如果来世是乐园的话，那么今生与来世的乐园就非得是一样的乐园不可吧。而他拥有将自己的妄想给现实化的权力。因此我觉得他实际上倒是真的做出了这个世上的乐园。

这个“今生”的乐园，位于克什米尔的斯利那加。那似乎和在德里所有的沙迦罕的住宅是成对的存在吧。若德里是今生的话，那么斯利那加便是来世。于“今生”被做出来的“来世”，也只能是斯利那加了吧。皇帝在数百年前所梦到的乐园，现在仍保有悠悠的流水，花草树木也都恣意地成长开放。色彩斑斓的花、壮丽的建筑物，以及整个城镇，包围住我的那份朦胧恍惚真的是非常棒的感觉。

好几次都想要去看看斯利那加，但到现在依然是个未曾实现的梦。在持续做着那个梦的期间，它在我的体内日渐膨胀，搞不好早已远远超越了现实。我一直没能去成克什米尔，也许是害怕持续了四分之一世纪的梦因而消逝的缘故吧。

Epilogue

后记 | ……也是一种旅行

我是在一九九八年的夏天于东京游学时,在“东京”(Tokyo Forum)的附设书店找到这本书的。那仿佛是昨天才发生的事,一晃眼写这篇译后记,竟已是四年后的二〇〇二年春天尾声的时候了。时间过得很快,尤其是你真正完全投入、完全专注在某一件事情上的时候。我甚至不太记得自己对于建筑与日文这套语言的狂恋与感动是从什么时候开始的。一察觉的时候,才发现自己已经跨越了无数个制作模型与赶图的深夜,并热心地阅读着日文书籍、默默地将它转换成母语。生活中真的充满了许多惊喜,包括对于安藤忠雄的这本《安藤忠雄都市彷徨》译作的出版。

其实等到自己具有足够的能力阅读这本书时,已是一九九八年之后三年的二〇〇一年了。在一段熟悉另一套语言系统的漫长积累过程后,在自己渴望学习建筑的强烈意志下,我告诉自己“那么,不如来读读安藤忠雄的书吧,或许会有什么新的发现”。因而在这个书写旅行蔚为风尚、各式游记百家争鸣的这个时代,我不避嫌地选读安藤忠雄从一九六五年以来直到一九九二年于世界各地游历途中,所留下的思考轨迹与心路历程——《安藤忠雄都市彷徨》。换句话说,这也可以被当作是属于对建筑怀有深厚感情的人们的旅行札记。就在当下年轻人一头热地栽进海外游学热潮的,安藤忠雄早在一九六五年(当这座号称为“美丽之岛”的台湾还在向内闭锁、民智未开,然则全世界早已风起云涌的时代)展开了属于自己的旅程。那种搭着甚至连航班都未能确定的船只航向各个我们所无法想象的世界角落,探索着、寻找着自己心之所向而具有的勇气与强韧意志,令人为之由衷地向往。同时,那似乎可以说是个充满了生机、经历了战后复苏,对于现况的不满而带有浓厚批判性色彩、不断反省并持续追寻着新历史走向的年代。或许在跨越了二〇〇〇年之后的二十一世纪,我们早已习惯于发达的IT(Information Technology)产业对于通讯网路器具的依赖,而陷入一种未能自知的懒散状态。在持续信仰着科技会提供人类更美好未来的这个技术主义至上教条的同时,许多身为一个人所应具备的灵敏度与嗅觉,似乎也在逐渐消失中。会不会我们现在已经逐渐淡忘了怎么动起来,而忽视了透过五体直观所能赋予我们的真实触感?

这个网络世界与现实世界之间的辩证关系似乎已悄悄取代国际化与地域主义之间的关系而逐渐热烈地展开。

然后,我隐约在安藤忠雄这本书的字里行间找到了我需要的答案。虽然说这是再正常不过的事,不过,透过异域文化之间的讯息传递,我反而能更深刻地体会到这份难以言喻的热情、一种对于真实世界的体验与实践的感动。透过旅行,方能与真实世界相接触,方能与内心世界进行深刻的自我交往。

诚如安藤忠雄所说的,“伴随着紧张与不安的是,一个人迷失在不知名的地方,因为孤独而感到惆怅、迷惘,甚至不知所措。但总是能在那当中找到一条出路,顺利地全身而退,并继续迈向下一个旅程”。因为旅行,而得以脱离容易陷入惰性循环的日常生活,并且在一个新鲜而未知的境界里得到崭新的试验与刺激;也就更因置身在一个前所未见的困顿境遇中,反而更具有“创造性”之产生的可能。我想这或许也就是安藤忠雄长久以来,把“旅行”这件事情当作人生中最大的导师,并且不断地在自己的真实生活与内心世界持续着自己的旅程,并且持续着和自己战斗的缘故吧。因旅行得以发掘自己在日常生活中未能察觉的生命与潜力,再怎么说这都是对于一个人非常重要而难得的价值啊。

而在我服役、没办法出国到处去“体验现场或真实世界”的日子里,我也透过“翻译”这样子的动作来展开属于我自己的旅行。就在阅读着这些记载得栩栩如生的旅行叙事篇章里,我仿佛在自己想象的世界里也看见了建筑物随时间改变而移动的光影、闻到吹过的风所携带的气味、听见人们响遍建筑里头的交谈声、体验到周边漂浮的空气对肌肤的触感……更重要的是,长假结束了,我已找到了属于自己的出路,我知道自己应该走向更遥远的未来。

最后,感谢吉浦幸枝、河村美智子、矢ケひの部真素美、小川喜久代、堀ひざの这几位日语老师在我翻译过程中给予我的指导与协助。尤其是小川老师在疑难字句上不厌其烦地解释,帮助我有效地解决了文化差异及语境表达上的问题。

感谢远在美国弗吉尼亚大学读研究所的挚友孟宗在我作业过程中,对于译文表达上所给予的宝贵意见。

感谢每一个曾经仔细阅读过译文初稿的好友,对我的支持与鼓励。

并将这本书献给辛苦栽培我长大的双亲——谢汝飞先生与张秀英女士,以及我所挚爱的、那个已过世了八年的外甥女——小津。

谢宗哲

二〇〇二年晚春

Appendix

附录 | 台南，另一种思索

伸展至新思想的心灵，绝不会再回归其原先的视界。

——霍姆兹（Olive Wendell Holmes）

我对于故乡（台南市）的情感是复杂而矛盾的。在学习建筑之初，我不免也会有对于欧美或日本的那种充满洁癖、干净利落的城市风貌无比倾心，天真地以为自己所生活的城市也该拥有那样的品质。于是，我曾经是多么想逃离这个逐渐没落的古都，多么想朝着充满新建筑的天地奔去。然而在有了实际出走与归来的经验之后再回过头来看她，竟发觉在她身上有许多过去未能察觉的魅力与个性，现在却变得清晰可见了，这才知道该珍惜自己所真正拥有的东西。

或许，总是要在有过旅人的姿态之后，我们才终于能具备深刻阅读与体会的感官与知觉吧。

能够重新好好认识台南市,真的是前往日本留学之后的事了。是二〇〇四年,还是二〇〇五年呢?我倒还真忘记那到底是什么时候了。只记得是有一次休假从日本回台湾,搭巴士在深夜抵达台南车站的"奇遇"。那时已将近深夜两三点,能够来接我的家人或朋友,毫无疑问都已经入睡。由于老家离台南车站并不是太远,手上的行李也算轻便,气温也相当舒服,于是便决定慢慢地散步走回去。

路上除了"7-11"(便利店)之外,其余的店铺几乎都已完全拉下铁门,白天会有的人潮当然也早就退去了。过去因忙于日常琐碎之事,我甚至未曾好好地用脚走过这些习以为常的都市空间。因此在深夜的这一刻,漫步在人烟稀少的市街上,倒让自己觉得相当新鲜。具体地说,就是改变了原本总是从机车上观望风景的惯例,而用自己的双脚触碰地表,实实在在地将自己置入空间去意识的这个体验。

平常总是挤满人群与机车的骑楼,在此刻毫无遮掩地恢复成建筑家想象中应有的样貌,可以清楚地辨识出这道具有视觉延续性的带状空间。有趣的是,在得见空间的原貌之后,似乎也对于平常总是为机车或人潮所占满的这个所在感到释怀了。那其实也算是居民的城市生活所交织出来的热力，是东南亚城市特有的一种表情。经过台南医院时，发觉这里还幸存着几棵凤凰木，落着造型特殊的小绿叶。据说在过去的日据时期，这条路是由作为行道树的凤凰木所形成的，有着红花与绿影扶疏的林荫大道（现为中山路）。

一路走着，我来到了往昔作为台南市中心地带的民生绿园。白天那种车水马龙的景象已不复见，借此机会，便越过马路，走进这个平常绝大部分仅供观赏之用的圆环内的公园。

那儿是我过去每天都会经过，但却忽略了将近三十年的重要场所。站在中心环绕四周，除了往四面八方辐射式配置出去的道路之外，还有的便是当初日本人在这种实验性都市计划中，于圆环所集结的重要公共建筑：曾作为台南市政府的原台南州厅厅舍（现在为台湾文学馆和“国立”文化资产保存中心），以及造型很帅、具有现代主义初期前卫风格的消防局与测候所等等。虽然年代已久远，但这些房子无疑仍是台南市到目前为止最好的建筑，并且穿越时空、散发出带有时间感的韵味。合上眼睛、静静地感觉，我仿佛可以在脑海里看见，那个对新世纪充满期望、大步迈向现代化的城市风景。那是一种对于未来充满期待、有着二十世纪初特有的浪漫情境。

趁着雅兴未泯，我又继续往昔日最为繁华的台南银座通末广町一带（现在为中正路商圈）走去。首先映入眼帘的是已经沉睡了数十年，但在当时却是独树一帜的林百货店大楼（俗称五栈楼仔）。然而我真正感到惊艳的并不在于这个“五栈楼”，而是与它一体成形、总长达百余公尺、共有近数十个店铺单元的这个末广町连栋街屋的存在。单元有大有小，虽然现在也仍旧持续被使用着，然而和日据全盛时期曾经有旅店、百货店、药房、脚踏车行、食堂、酒家等行业的联合进驻相比可就失色不少。整个地势往西微微倾斜，我觉得那无疑地会是二十世纪初台南市的“表参道之丘”，是城市生活真实上演的场景。而这种店铺住宅的形式（一楼为骑楼和店铺，二楼以上为住宅），后来也就成为构筑出台南市都市面貌的原形之一。

继续沿着这条路往西走，过西门路后、右侧连栋街屋的后方街廓内则是日据时期兴建出来的西市场，又称台南的浅草

（Asakusa，现在的大菜市）。里面是有顶盖的商店街，一直到现在都还是布匹商与成衣商的集结地，而且仍保留着当初的空间形式。而走到邻近海安路左侧的地方则是远近驰名的盛场——沙卡里巴小吃集散地，现在虽然因为海安路地下街的不景气而只剩下几家，然而当时却是冠盖云集的台南市重要名所。最后我走到海安路停住了，试着将想象的眼界延伸到挡在中正路尽头之中国城后的运河风景。我仍旧记得小时候来到这里，都能看到游船、渔船靠岸的热络景象，那是个运河仍旧健在，而台南市的都市性格仍旧与水的意象清晰联结在一起的美好年代。

深夜的即兴式城市漫步最后在接近清晨之际结束。回家的路上我也望见了这个城市机制的逐渐苏醒，卖早餐的摊贩与店家也一一重新启动、准备迎接崭新一天的到来。这样的体验让我与这个城市无比贴近，我因而得以一口气将台南市中心区最为精彩的空间有条有理地衔接起来，并将过去对这个城市所认识的片段加以重组。同时，也深刻地意识到台南市真正的魅力，其实就来自于这些个别的微小场域（大菜市、盛场与街廓内的小巷弄中充满生命力的模糊地带)中所汇聚的城市生活点滴。那时的感觉是,“没错,这就是台南,也许那当中好的品质还有点模糊,但是属于台南市的城市性格,的确是很难用西方主流的美学价值可以评断的”。

台南市的过去在短短不到四百年间之内,经历了各种更迭,以及不同时空背景之下、城市开发思想上的差异,截然不同的都市纹理相互交叠而造成了都市风貌的紊乱与识别不清的困境。然而,台南市的优势其实也在于其特殊的身世,因为各种相异的文化伴随着不同年代的进驻而在这个城市集结。于是除了城市街廓纹理有着错综复杂的交织之外,城市居民的生活习性在某种程度上,也反映在某些局部的微小场域,因而成就了作为一个都市所应具备的多样性。过去的我对于台南市这个复杂而多样化、难以通盘理解的城市性格感到无比苦恼、沮丧,现在似乎一切都豁然开朗了起来。城市本来就是复合体,也许对于台南市的认知,有重新建立一套坐标系来重新阅读的必要。也许该注目的对象不是作为城市本身的那个整体,而该将眼光放在透过局部的微秩序所建立出来的那套属于微小场域中的运作机制。转换阅读的视界与角度，往往可以有更多的发现，可以将真实的轮廓看得更为清楚。曾经的疑惑，也就能够茅塞顿开了，不是吗？

台南市也许风华不如往昔，但却仍旧存留着丰厚的文化底蕴。在经历了漫长旅程的洗礼之后，我终于得以见识这个城市在视觉表层之下的真实风景。那不仅是台湾都市发展史中难以被取代的珍贵记忆，同时也是能够支持台南市走向更远的未来的无限潜力。

谢宗哲

二〇〇七年